새로운 양식

Les nouvelles

nourritures

앙드레 지드
김화영 옮김

# 새로운 양식

Les nouvelles nourritures

말년의 앙드레 지드

# 차례

# 1장

1

내가 이미 이 지상의 소리를 듣지 못하고 내 입술이 이 지상의 이슬을 마시지 못하게 될 때 태어날 그대[1] — 어쩌면 훗날 나의 책을 읽게 될지도 모를 그대 — 내가 이 글을 쓰는 것은 그대를 위해서이다. 아마도 그대가 산다는 것에 대하여 충분한 경의를 느끼지 못할 것이기에, 그대의 삶이라고 하는 그 경탄할 만한 기적을 제대로 찬탄하지 못할 것 같기에 말이다. 가끔 내게는, 그대가 나의 목마름을 가지고 물을 마시려는 것만 같고, 그대로 하여금 저 다른 존재를 애무하며 그에게로

1  「새로운 양식」의 시인이 말을 거는 상대인 제자는 이름이 없으며 미래의 인물이다. 뒤에 나오는 말. "훗날, 내 열여섯 살 적의 모습과 비슷하면서도 더 자유롭고 더 성숙한 젊은이가 그의 가장 가슴 두근거리는 의문에 대한 답을 여기서 발견할 수 있도록 나는 이 글을 쓴다." 참조. 심지어 1920~1921년 무렵, 지드가 쉰살 즈음에 썼으리라 추정되는 이 단장은 거의 끝으로 간주되는 한 생애의 저 너머를 향한 어떤 시선을 느끼게 한다.

쏠리게 하는 것은 이미 다름 아닌 나 자신의 욕망인 것만같이 생각되는 것이다.

(일단 사랑에 빠지면 욕망이란 얼마나 불분명한 것이 되어 버리는가에 나는 감탄하지 않을 수 없다. 나의 사랑이 너무나도 어렴풋이, 너무나도 동시적으로 그의 전신을 감싸는 것이어서 나는 주피터처럼 자신도 모르게 구름으로 변해 버린 것만 같아지는 것이었다.)

\*

떠도는 미풍이[2]
꽃들을 쓰다듬었네.
나는 온 마음으로 그대의 노래를 듣네,
이 세상 첫 아침의 노래를.

아침의 취기여,
갓 태어난 광선이여,
리큐어에 담뿍 젖은 꽃잎이여…….

너무 오래 기다리지 말고
가장 정다운 충고에 따라
미래가 서서히
너를 독차지하게 하라.

---

2    1911년 5월 20일, 《라 팔랑주(La Phalange)》에 발표한 시 「네 편의 노래(Quatre chansons)」 중 첫 번째 노래다.

햇빛의 다사로운 애무가
이리도 은밀하게 찾아오니
가장 겁 많은 영혼도
이제는 사랑에 빠져 들리라.

\*

인간이 행복해지기 위하여 태어났음을
물론, 자연의 모든 것이 가르쳐 주고 있거늘.[3]

어떤 어수선한 기쁨이 대지를 적신다. 태양이 부르는 소리에 대지에서 새어 나오는 기쁨이 — 대지가 이 흥분된 대기를 만들듯이, 원소가 이미 생기를 얻고 아직은 고분고분하지만 최초의 엄정함에서 벗어나는 이 대기를…… 뒤얽힌 법칙들에서 매혹적인 복잡성이 생겨남을 알겠다: 계절들, 들고 나는 밀물과 썰물. 딴전을 피우고 있다가 다시 흐름으로 돌아오기, 수증기. 나날들의 고요한 교차. 바람의 주기적인 순환. 이미 생기를 발하는 모든 것에는 조화로운 리듬이 깃들어 있다. 모든 것이 기쁨을 만들어 낼 준비를 갖추니 바야흐로 그 기쁨은 이내 생기를 얻어 나뭇잎들 속에서 제멋대로 파닥거리고 이름을 가지고 나뉘어 꽃 속에서 향기가 되고 과일 속에서 맛이 되고 새 속에서 의식과 목소리가 된다. 이렇게 하여 생명

3 이 제사는 앞서 발표한 『지상의 양식』의 정신을 요약하고 있는 듯하다. 이 뒤에 이어지는 글은 지드가 1919년 초현실주의 잡지 《문학(Litterature)》에 발표한 일곱 편의 단편(斷片) 중 첫 번째 것에 해당한다.

의 순환, 정보, 상실은 햇빛 속으로 증발했다가 이윽고 또다시 모여 소나기가 되는 물의 순환을 모방한다.

저마다의 동물은 한 뭉치의 기쁨에 지나지 않는다.

모든 것은 존재하기를 좋아하고 모든 존재는 기뻐한다. 그대는 그 기쁨이 단맛으로 물들면 과일이라 부르고 그 기쁨이 노래가 되면 새라고 부른다.

인간이 행복해지기 위하여 태어났음을 물론 자연의 모든 것이 가르쳐 주고 있거늘. 식물이 싹 트게 하고 벌집에 꿀을 채우고 인간의 마음에 선의를 채우는 것은 모두가 쾌락을 향한 노력인 것이다.

\*

나뭇가지들 속에서 기뻐 어쩔 줄 모르는 산비둘기 — 바람에 흔들리는 잔가지들 — 하얀 조각배들을 기울이는 바람 — 가지들 저 너머로 빛나는 바다 위에 — 하얀 포말이 이는 물결 — 그리고 웃음, 그리고 창공과 이 모든 것의 광채 — 누이여, 내 마음이 지금 제 속내를 말하고 있다 — 너의 행복에게 저의 행복을 말하고 있다.4

\*

누가 나를 이 지상에 낳아 놓았는지 나는 도무지 알 수가

---

4  이 8행의 시는 1911년 《라 팔랑주》에 발표한 「네 편의 노래」 중 두 번째 노래에 해당한다. 본래 잡지에서는 각각의 행을 바꾸어 가며 표기했다.

없구나.5 하느님이 그렇게 했다는 말을 들었다. 만약 그것이 하느님이 아니라면 대체 누구겠느냐?

사실 존재한다는 기쁨이 어쩌나 생생하게 느껴지는지 때로는 태어나기도 전에 내가 이미 존재하기를 갈망하지는 않았는지 의심되기도 한다.

그러나 이런 신학적 토론은 가만 놓아두었다가 겨울에나 이야기하자. 이 점, 마음을 써야 할 것이 한두 가지가 아니니 말이다.


백지화. 나는 과거를 일소해 버렸다. 이제 다 되었다! 나는 다시 채워 넣어야 할 텅 빈 하늘 앞에, 미개척지 위에 벌거숭이로 서 있다.

흥! 너로구나, 태양이여! 서리 덮인 잔디밭 저 위로 너는 네 풍성한 머리털을 늘어뜨리고 있구나. 해방의 활을 가지고 오너라.6 너의 황금빛 광선이 내 감은 눈꺼풀을 뚫고 들어와서 그늘에 닿으며 승리를 거두고 마음속의 괴물을 정복한다. 나의 살에 색채와 열정을, 내 입술에 목마름을, 내 마음에 눈부심을 가져다 다오. 네가 하늘 꼭대기에서 지상으로 던져 주는 명주실 사다리들 중에서 나는 가장 참한 것을 거머쥐리라. 나는 이제 더 이상 지상에 애착이 없다. 나는 어떤 광선의 끝에 매달려 흔들리고 있다.

오, 내가 사랑하는 그대, 어린아이여!7 너를 데리고 내 도

5   《문학》에 발표한 일곱 편의 단편 중 두 번째 것이다.

6   여기서 '태양'은 '포이보스(Phoibos)', 즉 아폴론이다. 이 빛의 신은 델포이와 그 주변을 휩쓸며 어지럽히던 피톤(Python)을 자신의 화살로 죽였다.

7   이 '어린아이'는 사실상 젊은 마르크 알레그레(Marc Allégret)를 가리킨다. 『새

망의 길을 달려가고 싶구나. 어서 한 손으로 이 광선을 붙잡아라, 별이 있지 않느냐! 무거운 짐을 버려라. 아무리 가벼운 과거의 짐이라 하더라도 거기에 매이지 말라.

*

더 이상 기다리지 말 것! 더 이상 기다리지 말 것! 오, 붐비는 길이여! 나는 무시하고 그냥 간다. 이젠 내 차례다. 저 광선이 내게 손짓한다. 나의 욕망이 가장 확실한 길잡이이니 나는 오늘 아침 모든 것을 다 사랑한다.[8]

수없이 많은 빛의 실들이 내 가슴 위에서 교차하며 오간다. 수없이 많은 미세한 지각들로 내 신기한 옷을 짜나니. 신은 사무치게 웃고 나는 신에게 미소 짓는다. 저 위대한 목신이 죽었다고 누가 말했던가? 나의 입김 저 너머로 나는 그를 보았다. 나의 입술이 그를 향해 달려간다. 오늘 아침 "뭐 하고 있는 거야?" 하고 속삭이는 것은 바로 그가 아닌가?

나는 정신으로, 손으로 모든 베일들을 걷어 버린다. 내 앞에 오직 빛나는 것, 벌거벗은 것밖에는 아무것도 남지 않을 때까지.

---

로운 양식」 각주 12 참조.

[8]  여기서 시인은 지체 없이 욕망에 몸을 내맡기는 기쁨을 열광적으로 노래한다. 「지상의 양식」 2장 처음의 두 번째 단편, "내 쾌락의 솔직함이, 나타나엘이여, 나에게는 가장 중요한 길잡이." 부분을 참조할 것. 그다음에 이어지는 시는 1911년에 발표한 「네 편의 노래」 중에서 세 번째 것에 해당하는데 '나른함으로 가득한 봄'에 몸을 맡기는 감미로움과 아늑함을 노래한다.

나른함으로 가득한 봄이여,
내 그대의 너그러움을 청하노라.

무기력으로 가득한 그대에게
내 마음을 맡기노라.

갈피를 잡지 못하는 내 사념은
바람 부는 대로 떠돌고.

다사롭게 흐르는 빛이
꿀처럼 내 몸에 스며드는구나.
아, 오직 꿈속에서만
보고 들을 뿐,
눈꺼풀 틈으로
내 그대의 빛을 받아들이나니,

나를 애무해 주는 태양이여,
내 게으름을 용서하라…….

너그러움으로 가득한 태양이여,
무방비 상태의 내 가슴을 마셔라.

＊

　오늘 새로운 아담이 되어 만물에 이름을 붙이는 것은 나다. 이 강물은 나의 목마름이요, 이 작은 숲 그늘은 나의 잠이요, 이 벌거숭이 소년은 나의 욕망이니. 나의 사랑은 새소리를 통해서 목소리를 가진다. 나의 심장은 저 벌통 속에서 잉잉댄다. 자꾸만 움직이는 지평선이여, 나의 한계가 되어 다오. 기우는 광선 아래서 또다시 물러나고 더욱 어렴풋해지고 푸르러지는구나.

＊

　여기가 사랑과 사상의 미묘한 합류점이다.[9]
　백지가 내 앞에서 빛을 발한다.
　그리고 신이 자신을 인간으로 만들었듯이 나의 사고도 리듬의 법칙을 따른다.
　내 완전한 행복의 이미지로, 나는 재창조하는 화가로서 여기에 가장 떨리고 가장 생동하는 색채를 펼친다.
　나는 오직 날개로만 말을 붙잡으리라. 그대인가, 내 기쁨의 산비둘기여? 아, 아직은 하늘로 날아가지 말아다오. 여기에 내려앉아 잠시 쉬어라.
　나는 땅바닥에 눕는다. 내 옆에는 빛나는 과일들이 주렁주렁 달린 나뭇가지가 풀에 닿도록 휘늘어져 있다. 가지가 풀

---

9　《문학》에 발표한 단편들 중 세 번째 것으로, 백지 앞에 앉아 창조에 골몰하는 시인을 환기한다. "나는 오직 날개로만 말을 붙잡으리라."

밭의 가장 부드러운 잔디를 스치며 쓰다듬는다. 산비둘기 울음소리의 무게로 가지가 흔들린다.

*

훗날, 내 열여섯 살 적의 모습과 비슷하면서도 더 자유롭고 더 성숙한 젊은이가 그의 가장 가슴 두근거리는 의문에 대한 답을 여기서 발견할 수 있도록 나는 이 글을 쓴다.[10] 그러나 대체 그의 의문이란 무엇일까?

나는 시대와 별 접촉이 없다. 그래서 동시대 사람들의 유희가 내겐 별로 재미있지 않았다. 나는 현재의 저 너머에 관심이 있다. 나는 더 멀리 간다. 나는 오늘날 우리에게 사활이 걸린 듯 보이는 것이 거의 이해되지 않게 될 어떤 시대가 오리라고 예감한다.

나는 새로운 조화를 꿈꾼다. 보다 더 미묘하고 보다 더 꾸밈없는, 수사적이지 않으며 아무것도 증명하려 들지 않는 어떤 언어 예술을.

아! 그 누가 나의 정신을 논리의 무거운 쇠사슬에서 해방시켜 줄 것인가? 나의 가장 솔직한 감동도 그것을 표현하려고만 하면 곧 거짓이 되어 버린다.

인생이란 사람들이 동의하는 것보다 더 아름다울 수 있다. 지혜는 이성 속에 있지 않고 사랑 속에 있다. 아! 나는 오늘날까지 너무 조심스럽게 살았다. 새로운 법을 물리치기 위

---

10  《문학》에 발표한 단편들 중 네 번째 것이다.

해서는 법 없이 살아야 한다. 오, 해방이여! 오, 자유여! 나의 욕망이 다다를 수 있는 곳까지 나는 가리라. 오, 내가 사랑하는 그대, 함께 가자꾸나. 그곳까지 그대를 데리고 가리라, 그대가 더욱 멀리 갈 수 있도록.

## 만남[11]

하루 종일 우리는 무엇을 하든 언제나 조화롭고 리듬에 따르겠다고 결심한 체육 교사처럼 우리 삶의 온갖 행위들을 춤추듯이 수행하기를 즐겼다. 마르크[12]는 연구 끝에 터득한 리듬에 맞추어 샘터로 가서 펌프질을 하고는 물통을 들고 올라왔다. 우리는 지하실로 내려가서 병을 찾아 그 마개를 열고 마시는 데 필요한 모든 동작을 알고 있었다. 우리는 그 동작들을 분해해 보았다. 우리는 박자에 맞추어 건배했다. 우리는 또한 인생의 여러 어려운 상황에서 헤어나는 스텝들을 고안해

---

11  《문학》에 발표한 단편들 중 다섯 번째 것.

12  마르크 알레그레. 지드는 『일기』에서 'M' 혹은 '미셸(Michel)'이라는 이름으로 지칭했던 인물을 여기서는 실제 이름 그대로 쓰고 있다. 1880년 아버지가 사망한 뒤 앙드레 지드의 후견인으로 지명된 이래, 지드 집안의 오랜 친구인 엘리 알레그레 목사의 여섯 자녀 중 셋째 아들이다. 지드는 자신보다 삼십여 년 아래인 마르크(1900년 출생)의 교육에 많은 관심을 기울였다. 그러나 1917~1918년의 『일기』에서 찾아볼 수 있듯이 그 '관심'이 너무나 치열해진 나머지, 그의 일생에서 처음으로 진정한 마음의 관계와 관능적 동성애의 쾌락이 한데 뒤얽히게 되고 완전한 행복을 맛본다. 1919년에 발표한 일곱 편의 단편들은 같은 시기에 기록된 『일기』의 수많은 내용과 마찬가지로 그때의 희열을 표현하고 있다.

내기도 했다. 마음속의 동요를 뚜렷이 드러내는 스텝도, 그것을 교묘히 감추는 스텝도 고안했다. 조위(弔慰)의 파스피에 스텝[13]도 있었고 축하의 스텝도 있었다. 터무니없는 희망의 리고동 스텝[14]도 있었고 이른바 정당한 동경이라 일컫는 미뉴에트 스텝[15]도 있었다. 유명한 발레에서처럼 갈등의 스텝, 불화의 스텝 그리고 화해의 스텝 역시 있었다. 우리의 장기는 군무(群舞)였다. 그러나 완벽한 단짝의 스텝이란 혼자 춤을 추는 것이었다. 우리가 고안해 낸 것 스텝 중에서 가장 재미있는 것은 모두 다 함께 광대한 초원을 따라 목욕하러 내려가는 스텝이었다. 그것은 몹시 빠른 동작이었다. 땀에 흠뻑 젖어서 도착하고 싶었으니까. 그것은 점프를 하며 추는 춤이었는데 풀밭이 비탈져 있어서 껑충껑충 큰 걸음으로 내려가기가 쉬웠다. 전차를 잡아타려고 뒤따라 달리는 사람들처럼 한 팔은 앞으로 내밀고 다른 팔로는 펄럭이는 가운을 거머쥐고 우리는 헐레벌떡 물가에 이르러 말라르메의 시구절을 읊조리며 깔깔대는 가운데 곧장 물속으로 뛰어들었다.

하지만 그런 모든 것은 서정적이기엔 약간 자유방임적 일면이 부족할지도 모르지만…… 아! 그리고 참 한 가지, 우리에게는 또한 자연 발생의 돌연한 앙트르샤 스텝[16]도 있었다.

---

13 　매우 빠른 3박자의 옛날 춤 동작.

14 　프랑스 프로방스 지방에서 비롯한 4분의 2박자 혹은 4분의 3박자의 춤 동작.

15 　매우 빠른 2박자의 옛날 춤 동작.

16 　공중으로 뛰어오른 동안 발뒤축을 여러 번 맞부딪치는 동작.

　행복해질 필요가 없다고 굳게 믿을 수 있게 된 그날부터 내 마음속에 행복이 깃들기 시작했다. 그렇다, 행복해지기 위해서 내게 필요한 건 아무것도 없다는 사실을 굳게 믿게 된 그날부터. 이기주의를 곡괭이로 내리찍고 나자 곧 내 심장에서 기쁨이 어찌나 넘치도록 뿜어 나오는지 다른 모든 사람들에게도 그 기쁨의 물을 마시게 해 줄 수 있을 것만 같았다. 가장 훌륭한 가르침은 모범을 보이는 것임을 나는 깨달았다. 나는 나의 행복을 천직으로 받아들였다.

　하기야! 그때 나는 생각했다.[17] 만일 그대의 영혼이 육체에서 분리되어야 하는 것이라면 한시바삐 그대의 기쁨을 실현하라. 만일 영혼이 불멸의 것이라면 그대의 감각들과 아무 상관이 없는 것에 전념할 시간이야 얼마든지 있지 않겠는가? 그대는 지금 그대가 통과하는 이 아름다운 고장을 멸시하고 그 고장의 쾌락을 물리칠 것인가? 머지않아 그것들을 빼앗기리라는 이유 때문에? 그대가 그 고장을 빨리 통과할수록 그대의 눈초리는 더욱 탐욕스러울 것이며 그대가 서둘러 도망칠수록 그대의 포옹 역시 더욱 돌연할 것인즉! 그러할진대 한순간의 애인인 내가 붙잡아 둘 수 없음을 잘 알 테니 무엇 때문에 덜 애틋하게 껴안을 것인가? 변덕스러운 영혼이여, 서둘러라! 가장 아름다운 꽃은 또한 가장 빨리 시든다는 사실을

---

17　여기에 이어지는 글은 『전집』 10권에 수록된 글로, 1920∼1921년 무렵에 집필되었으리라 추정된다.

알라. 그 꽃의 향기를 어서 빨리 허리 굽혀 맡아 보라. 영원불
멸인 것에는 향기가 없는 법.[18]

즐겁게 타고난 영혼이여, 그대의 노래의 투명함을 흐리
게 하는 것은 무엇이든 두려워하지 말라. 그러나 지나가 버리
는 모든 것 속에서 불변하는 신은 물체가 아니라 사랑 속에 깃
들어 있음을 나는 깨달았다. 그리하여 나는 이제 순간 속에서
고요한 영원을 맛볼 줄 알게 되었다.

*

그런 기쁨의 상태를 고수할 수 없다면 거기에 도달하려고
애쓰지 말라.

정다운 눈부심이여
나의 깨어남을 맞이해 다오!
내가 바라는 것은
비물질의 세계가 아니다.

그러나 내 그대를 사랑하노라, 흠 없는 창공이여.
아리엘처럼 가벼워도
하늘의 한구석에 애착을 가지면
나는 죽고 마느니.

---

18  죽음의 위협 아래 놓여 있기에 그만큼 더 귀중하게 여겨지는 '순간'의 주제가
    나타나는 대목이다.

내가 알기로는, 더 이상의
본질적인 것은 없으니.
그대에게 귀 기울임은 곧 그대의 소리를 듣는 것.

이 꿀을 음미하기 위하여
나는 더 이상 기다리지 않으리.

오늘 아침, 펜에 잉크가 너무 많이 묻었음을 알고 혹시나 잉크 자국을 남길까 봐 두려워하며 말의 화환을 그리듯 획을 긋는 사람처럼.

2

매일 나로 하여금 신을 발견하게 하는 것은 바로 감사하는 내 마음이다.[19] 아침에 잠에서 깨어나자마자 나는 존재한다는 사실에 놀라고 끊임없이 경탄을 금치 못한다. 고통의 끝이 가져다주는 기쁨은 왜 기쁨의 끝에 오는 아픔보다 더 크지 못한 것인가? 그 까닭은, 슬플 때는 그 슬픔 때문에 누리지 못하는 행복을 생각하지만, 행복에 잠겨 있을 때는 그 행복 덕분에 면하게 되는 고통들을 조금도 머릿속에 떠올리는 법이 없기 때문이다. 그대에게 행복하다는 것이 당연하게만 느껴지기 때문인 것이다.[20]

---

19  《문학》에 발표했던 단편들 중 여섯 번째 것이다.

20  제롬의 눈에 비친 알리사(『좁은 문』)나 목사의 눈에 비친 아멜리(『전원교향곡』)

각자에게는 자신의 감각과 마음이 감당할 수 있는 정도에 따라 행복의 양이 할당되어 있다. 아무리 소량이라도 그것을 빼앗기면 자기 몫을 도둑맞은 것이 된다. 내가 존재하기 전에는 스스로 생명을 요구했는지 어떤지 알 수 없지만 내가 태어나서 살아가는 동안엔 모든 것이 나의 몫으로 주어진 것이다. 그러나 내겐 감사하는 마음이 너무나도 감미롭고, 사랑한다는 것 역시 당연히도 감미로워서 스쳐 지나가는 바람의 조그만 애무조차 내 마음속에 감사하는 마음을 일깨워 준다. 감사하는 마음의 필요성은 나를 행복하게 해 주는 일이라면 무엇이든 하라고 가르쳐 준다.

\*

비틀거릴지도 모른다는 두려움 때문에 우리의 정신은 이론의 난간에 꼭 매달린다.[21] 이론은 이론이고 이론에서 벗어나는 것 또한 벗어나는 것이다. (비논리도 참을 수 없지만 과도한 논리는 나를 지치게 한다.) 이치를 따지는 사람이 있는가 하면 다른 사람이 옳다고 하는 대로 가만 놓아두는 사람들도 있다. (만약 내 심장이 고동치는 것을 내 이성이 잘못이라고 주장하더라도 나는 내 심장이 옳다고 손을 들어 준다.) 산다는 것을 필요로 하지 않는 사람들이 있는가 하면 옳다는 것을 필요로 하지 않는 사

처럼 행복해지는 것을 두려워하던 마들렌("우리가 행복해지기 위해 세상에 태어났다는 걸 나는 믿을 수 없어."라고 그녀는 말하곤 했다.)과 다르게 지드는 어느 날 그의 오랜 친구인 테오 반 리셀베르그 부인에게 이렇게 털어놓는다. "나는 행복해지지 않기가 너무나도 어려우니, 어쩐 일이지!"

21 앞에서 언급한 것과 마찬가지로 『전집』 10권에 발표되었던 단편.

람들도 있다. 이론의 결핍을 통해 나는 나 자신을 의식한다. 오, 나의 가장 귀중하고 나의 가장 즐거운 사고(思考)여! 그대 출생의 정당성을 위하여 더 이상 애써야 할 까닭이 어디 있단 말인가? 오늘 아침에 『플루타르코스 영웅전』에서 로물루스와 테세우스의 전기 첫머리를 읽었는데, 거기에 로마를 건국한 이 위대한 두 인물이 "어떤 내연의 관계에서 비밀히" 태어난 덕택에 오히려 신들의 자식들로 알려지게 되었다고 쓰여 있음을 보지 않았던가?[22]

*

지금 나는 나의 과거로 인하여 온통 구속을 받고 있다.[23] 오늘의 행동 어느 것이든 어제의 나에 의해 결정되지 않은 것

---

22  자신의 유전적 과거를 모르기 때문에 구속으로부터 벗어난다는 사생아 테마는 너무나도 중요한 것이어서 사생아야말로 지드적 인물의 전형이라고 할 수 있다. G. D. 페인터의 해석에 의하면, "지드의 경우 사생아는 자유로운 인간의 특별하고도 이상적인 케이스다. 부모의 역할은 우리에게 도덕적 감각을 주입하고 우리 내면에 아직 형성되지 않은 인격을 고유한 사회적 유형으로 대치시키는 데 있다. 그리하여 우리의 동기는 관습적인 것이 되고 우리의 바깥으로부터 강요받음으로써 순전히 개인적인 행동을 할 수 없게 되는 것이다. 그러나 지드의 아이러니컬하고 의미심장한 이론에 따르면, 사생아는 부모가 없고 기성의 그 어떤 동기도 물려받지 않았기 때문에 자신의 고유한 개성을 간직할 수 있다. 이리하여 그는 지드 특유의 역설에 의하여 가장 드높고 가장 귀한 형식의 자유를 누릴 수 있다. 그는 결국 무상 행위를 할 수 있는 것이다!" 과연 라프카디오, 베르나르, 오이디푸스, 테세우스 등 지드의 인물들은 모두 사생아다. "미래는 사생아의 것이다. 『위폐범들』의 에두아르는 이렇게 적고 있다. 그 말은 무슨 뜻인가. '자연스러운 아이'라는 뜻이다! 오직 사생아만이 자연스러운 것에 대한 권리가 있다."

23  『전집』 10권에 수록된 단편.

이 없다. 그러나 지금 이 순간의 돌연하고 덧없고 그 무엇으로도 바꿀 수 없는 존재인 나는 손아귀에서 빠져나가 버리고……²⁴

아! 나 자신에게서 빠져나갈 수만 있다면! 나 자신에 대한 존중으로 인해 내가 묶여 있는 이 구속의 저 너머로 도약하고만 싶다. 아! 닻을 올리고 그리하여 가장 무모한 모험을 향하여……. 그리고 그렇게 하더라도 내일에는 아무런 상관이 없기를.

나의 정신은 이 '상관'이라는 말에 멈칫한다. 우리 행동과의 상관됨, 우리 자신과의 상관됨. 나는 스스로에게 어떤 결과 이외에는 아무것도 기대할 수 없는 것일까? 결과, 연루, 미리 정해진 행로. 나는 더 이상 그냥 걷기가 싫다. 도약하고 싶다. 땅을 박차고 뛰어올라서 나의 과거를 밀어내고 부정하고 싶다. 더 이상 약속 따위에 얽매이고 싶지 않다: 나는 너무나 많은 약속을 한 것이다! 미래여, 나는 변덕스럽게 너를 사랑하고 싶다!

나의 사고여, 그 무슨 바닷바람, 산바람이 그대의 도약을 실어 줄 것인가? 떨면서 날개를 치는 파랑새여, 너는 이 가파른 바위 끝에 앉아 있다. 현재가 너를 데려다줄 수 있는 한 가장 멀리까지 너는 전진한다. 벌써 너는 네 눈초리의 힘을 다하여 내닫는다, 너는 미래 속으로 도망친다.

오, 새로운 불안들이여! 아직 던지지 않은 의문들이여! 어제의 고뇌 탓에 나는 지쳤다. 나는 그 쓰디쓴 맛을 볼 만큼

---

24 『지상의 양식』의 「헌정하는 말」 중 "너 자신을 아! 존재들 중에서도 결코 다른 것으로 대치할 수 없는 존재로 창조하라."를 참고할 것.

보았다. 이제 나는 그런 것을 믿지 않는다. 그리고 이제 나는 어지러운 줄도 모른 채 미래의 구렁텅이를 들여다본다. 심연의 바람이여, 나를 가져가라!


### 3

저마다의 긍정은 자기희생 속에서 완결된다.[25] 그대가 자신 속에서 포기하는 모든 것은 생명을 가지게 될 것이다. 자기 긍정을 모색하는 모든 것은 스스로를 부정한다. 자기를 버리는 모든 것은 자기를 긍정한다. 완전한 소유는 오직 증여에 의해 비로소 입증된다. 그대가 증여할 줄 모르는 것이면 무엇이든 다 그대를 구속한다.[26] 희생 없는 부활은 없다. 기꺼이 바치는 일 없이는 아무것도 꽃피울 수 없다. 그대가 자신 속에서 보호하겠다고 나서는 것은 위축된다.

무엇을 보고 그대는 과일이 익었음을 아는가? ── 과일이 나뭇가지를 떠나는 것을 보고 아는 것이다. 모든 것은 증여를 위해 익고 기꺼이 줌으로써 완성된다.


25  『전집』 10권에 발표했던 단편.

26  「요한복음」 12장 24~25절. "밀알 하나가 땅에 떨어져 죽지 않으면 한 알 그대로 남아 있고 죽으면 많은 열매를 맺는다. 누구든 자기 목숨을 아끼는 사람은 잃을 것이며 이 세상에서 자기 목숨을 미워하는 사람은 목숨을 보전하며 영원히 살 것이다." 지드는 이 구절을 다음과 같이 번역하고 해석한다. "자신의 생명과 영혼을 사랑하는 이, 자신의 인격을 보호하고 이 세상에서 자신의 모습을 가꾸는 이는 그것을 잃을 것이다. 그러나 그것을 버리는 이는 참으로 살 수 있고, 영원한 생명을 보장받을 수 있다."(『일기』, 1916년 3월 4일)

쾌락이 감싸고 있는 단맛 가득한 과일이여, 싹이 드려면 너는 너 자신을 버려야 함을 나는 알고 있다. 그러니 그것은 죽어야 하리! 너를 감싸고 있는 그 단맛은 죽어야 하리. 그 기막히게 달콤하고 넘치는 살은 죽어야 하리! 그것은 땅의 몫일지니. 그대를 살리기 위해 그것은 죽어야 하리. "과일이 죽지 않으면 홀로 남을 것"[27]임을 나는 알고 있다.

주여, 아! 저에게 죽음을 기다리지 말고 죽을 기회를 주소서.

미덕은 어느 것이나 전부 자기희생에 의해 비로소 완성된다. 과일의 더할 수 없는 단맛은 오직 싹이 트는 것을 지향할 따름이다.

진정한 웅변은 웅변을 포기한다.[28] 개인은 자기를 망각할 때 비로소 자기를 긍정한다. 자기 생각에 빠진 자는 자신의 방해물이 된다. 미인이 스스로 아름답다는 사실을 모르고 있을 때보다 더 내가 아름다움에 감탄해 본 적은 없다. 가장 감동적인 선(線)은 가장 체념한 상태의 선이다. 그리스도가 진정으로 신이 되는 것은 스스로 신성을 포기함으로써이다. 그와 마찬가지로 그리스도 속에서 자기를 버림으로써 신은 창조된다.

---

27 「요한복음」 12장 24절과 거의 동일한 말. 지드는 이 말을 자기 '회고록'의 제목으로 삼았다.
28 "진정한 웅변은 웅변을 우습게 안다."(파스칼, 「팡세」)

# 만남[29]

## 장폴 알레그레에게[30]

### 1

그날, 우리는 마음 내키는 대로 무턱대고 시내를 거닐다가 센 거리에서 ─ 그대는 기억하고 있는가? ─ 한 가련한 흑인을 만나 오랫동안 그를 바라보았다. 피슈바셰르 서점의 진열장 앞에서였으리라. 내가 이런 말까지 하는 까닭은 공연히 멋있게 표현하려다가 그만 정확성을 상실하고 마는 경우가 있기 때문이다. 우리는 발걸음을 멈추는 구실로 서점의 진열장을 들여다보는 척했지만 사실은 그 흑인을 바라보고 있었다. 가련하다고 했는데 그 점은 분명했다. 되도록 가련해 보이지 않으려고 애쓰고 있었으니 더욱 가련하게 보였던 것이다. 자신의 품위에 매우 신경을 쓰는 흑인이었으니 말이다. 그는 실크해트를 쓰고 연미복 정장 차림이었다. 그런데 그 모자는 서커스 단원들이 쓰는 것과 비슷했고 연미복은 끔찍할 정도로 낡아 있었다. 그는 분명 하얀 셔츠를 입고 있었지만 아마도 단지 흑인이 걸치고 있었기에 가까스로 희게 보였을 따름이

---

29  이제부터 소개되는 세 가지 '만남'의 기록은 1921년 『문선집(Pages choisies)』에 처음 발표되었다가 『전집』 11권에 다시 실렸다. 아마도 1917~1918년 무렵에 집필했으리라 추정된다.

30  엘리 알레그레(1865년생으로 지드보다 네 살 위였다.)의 아들이자, 앞에서 언급한 마르크 알레그레의 형이다.

리라. 그가 가난하다는 사실은 특히 찢어진 구두에서 완연히 드러나 보였다. 어디로 향한다는 목표도 없이 머지않아 더 이상 걷지 못하게 될 사람처럼 짧은 보폭으로 걸어가고 있었다. 그는 몇 발짝 못 가서 쉬곤 하였고, 날씨가 쌀쌀한 편이었는데도 연통 같은 모자를 벗어서 부채질을 하였다. 이윽고 주머니에서 누추한 손수건을 꺼내더니 이마의 땀을 훔치고는 다시 집어넣었다. 엉성한 은빛 머리카락 아래로 넓게 벗어진 이마가 훤했다. 눈은 이미 인생에 대하여 더 이상 아무것도 기대하지 않는 사람처럼 흐릿했다. 오가며 마주치는 사람들도 그의 눈에는 보이지 않는 듯했다. 그러나 지나가던 사람들이 걸음을 멈추고 그를 쳐다보는가 하면, 이내 그 흑인은 다시 점잖게 모자를 쓰고 걷기 시작했다. 필시 방금 누군가를 찾아갔다가 무척이나 기대했던 일을 거절당하고 돌아가고 있음이 분명했다. 더 이상 아무 희망이 없는 사람 같았다. 당장 굶어 죽을 지경이어도 남들에게 또다시 구걸을 하느니 차라리 죽어 버리는 편이 낫다고 생각하는 사람의 표정이었다.

그는 틀림없이, 단지 흑인이라고 해서 굴욕을 참고 견딜 수 없음을 남들에게 보여 주고 또 스스로에게도 증명하고 싶었을 것이다. 아! 그 흑인이 어디로 가는지 너무나도 궁금해서 그의 뒤라도 밟아 보고 싶은 심정이었다. 그러나 그는 어디로도 가지 않았다. 아! 나는 그에게 말이라도 붙여 보고 싶었지만 당최 어떻게 해야 그의 기분이 상하지 않도록 말을 걸 수 있을지 알 길이 없었다. 그런데 나는 당시 나와 함께 걷던 그대가 인생과 살아 있는 모든 것에 대하여 어느 정도로 관심을 가지고 있는지 알 수가 없었다.

……아! 그렇지만 나는 그에게 다가가서 말을 붙여 보았

어야 했는데.


## 2


　그런데 지하철을 타고 돌아오는 길에 물고기들이 담긴 어항을 든, 아주 호감이 가고 자그마한 사내를 만난 것은 그 흑인을 마주친 날로부터 얼마 뒤의 일이었다. 그 어항은 헝겊에 싸여 있었고, 옆쪽으로 속을 들여다볼 수 있는 구멍이 나 있었다. 그러나 완전히 종이에 감싸여 있었으므로, 처음에는 그게 무엇인지 잘 알 수 없었다. 그가 너무나도 소중하게 껴안고 있기에 나는 웃으면서 물어보았다.

　"그거 폭탄인가요?"

　그러자 그가 나를 불빛 가까이로 데려가더니 신비스러운 어조로 말했다.

　"물고기예요."

　그리고 본래 천성이 사근사근한 데다 서로가 그저 이야기를 나누고 싶어 할 뿐임을 느낀 그는 이내,

　"남의 눈에 띄지 않도록 이렇게 덮어 두긴 했지만 당신네들이 예쁜 것들을 좋아하신다면 (당신네들, 분명 예술가들이겠지요.) 보여 드릴 수 있어요."

　그는 갓난아기의 기저귀를 갈아 주는 어머니처럼 정성 어린 손길로 어항을 덮은 종이를 벗기더니 말을 이었다.

　"내가 장사하는 물건이죠. 물고기를 기르는 게 내 직업이에요. 자, 보세요! 이 조그만 것들이 한 마리에 10프랑입죠. 아주 작은 놈들이긴 하지만 얼마나 귀한지 몰라요. 그리고 얼마

나 예쁩니까. 햇빛을 받아서 번쩍일 때 한번 보세요. 그러면 말이죠, 녹색이기도 하고 푸른색이기도 하고 분홍색이기도 하죠. 그 자체의 색깔은 없으면서도 온갖 색채가 다 빛나는 겁니다."

어항의 물속에는 그저 열두어 마리의 바늘만 한 날쌘 물고기들뿐이었는데, 그것들이 터진 헝겊 틈으로 차례차례 나타났다가 사라지곤 했다.

"당신이 직접 기르시나요?"

"그 밖에 다른 것들도 많이 기르지만 가지고 다니지는 않습니다. 아주 약하니까요. 생각해 보세요! 한 마리에 50프랑, 60프랑씩 주고 산 것들도 있답니다. 그것들을 보려고 제 집에까지 찾아오는 사람들이 있습니다만 산다고 하지 않으면 내놓지 않아요. 지난주엔 어느 돈 많은 애호가가 120프랑짜리 한 마리를 사 갔지요. 중국 금붕어로, 튀르키예의 고관대작 같은 꼬리 세 개가 너울거리는 놈이었지요……. 키우기가 쉽지 않겠다고요? 물론이죠! 먹성이 까다로운 데다 자칫하면 간염에 걸린답니다. 일주일에 한 번씩은 비시 광천수에 넣어 줘야 해요. 비용이 많이 들지요. 안 그러면 집토끼가 새끼를 치듯 마구 번식합니다. 선생께서도 관심 있으신가요? 한번 제 집에 와서 구경하시죠."

지금 나는 그의 주소를 잊어버리고 말았다. 아! 그때 찾아가서 그걸 구경하지 않았음이 아쉽다.

"가장 중요한 발명들은 아직 이루어지지 못한 채 남아 있다는, 바로 그 지점에서부터 시작해야 합니다."하고 그가 내게 말한다. "가장 중요한 발명들조차 단지 극히 간단한 착상의 해명일 뿐이지요. 자연의 모든 비밀들은 어느 것이나 다 인간의 눈에 발견되지 않은 채 매일같이 우리 시선에 비치지만 우리는 그것에 주의를 기울이지 못하고 있습니다. 훗날의 인류가 태양에서 빛과 열을 채취하여 활용하게 될 때, 지금처럼 미래의 후손들은 걱정도 않고 땅속에서 힘겹게 빛과 연료를 채굴하여 그저 낭비만 하던 우리를 동정하게 될 것입니다. 그저 사업적 시각에서 절약하는 것밖에 모르는 인간들이 과연 언제쯤 지구상에서 가장 뜨거운 지점들의 불필요한 열을 끌어다가 사용하는 방법을 발견하게 될까요? 그런 날이 오겠지요. 그런 날이 올 겁니다."하고 그는 자신한다는 듯이 말을 이었다. "지구의 열이 식기 시작하면 그러는 데에 성공하겠지요. 바로 그때쯤이면 석탄도 바닥을 드러내기 시작할 테니까요."

"말씀을 듣고 보니 너무나 총명하신데, 선생은 혹시 발명가가 아니신가요?"그가 우울한 생각에 잠기려는 것 같아서 나는 분위기를 전환할 겸 그에게 말했다.

그는 즉각 대꾸했다.

"가장 위대한 사람이라고 해서 가장 잘 알려지라는 법은 없죠. 차량을 발명한 사람, 바늘을 발명한 사람, 팽이를 발명한 사람, 그리고 어린이가 제 앞으로 굴리는 굴렁쇠가 쓰러지지 않고 똑바로 굴러가는 것을 가장 먼저 유심히 살펴본 사람에 비한다면 파스퇴르가 무엇이고 라부아지에가 무엇이며 푸슈킨이 다 무엇이라는 말입니까? 관찰력, 모든 게 다 관찰력에 달려 있습니다. 그런데 선생께서는 그 점을 생각해 보셨습니까? 그렇게 누구나 다 그 방법을 사용하고 있습니다. 그저 관찰할 줄만 알면 된다, 이겁니다. 아! 저런! 이제 막 들어선 사람을 조심하십시오!" 하고 갑자기 어조를 바꾸더니 내 옷소매를 한쪽으로 끌어당기면서 그가 말했다. "저 사람은 아무 발명도 못 하면서 남의 것을 표절하려고만 드는 멍텅구리 늙은이랍니다. 저 사람 앞에서는 제발 아무 말씀도 하지 마십시오.(그는 이곳 양로원의 의료 책임자인 내 친구 C였다.) 보세요, 저 사람이 저 가련한 신부님께 질문하고 있지 않습니까. 평복 차림이긴 하지만 저 신사분은 신부님이거든요. 대발명가이기도 하지요. 우리가 서로 통하지 않음이 유감일 따름입니다. 함께 힘을 합하면 큰일을 해낼 수 있었을 텐데 말입니다. 저 사람을 상대할 때면 꼭 중국 사람한테 말을 하는 것 같다니까요. 게다가 얼마 전부터는 나를 피하기까지 합니다. 저 늙은 멍텅구리가 가고 나면 곧 저 사람한테 가 보세요. 그는 아주 기묘한 것들을 알고 있답니다. 생각을 꾸준하게 이어 가기만 한다면 참 큰일을 할 수 있을 텐데…… 자, 저 사람, 이제 혼자 있군요, 가 보세요."

"우선 당신이 무슨 발명을 했는지부터 말씀해 주시죠."

처음에 그는 내게 몸을 굽히더니 돌연 상체를 뒤로 벌떡 젖히며 이상하리만큼 엄숙한 어조로 나지막하게 말했다.

"내가 바로 단추를 발명한 사람이죠."

내 친구 C가 멀찍이 물러나 있기에, 나는 그 문제의 '신사'가 무릎에 두 팔을 괸 채 손 안에 이마를 파묻고 앉아 있는 벤

치 쪽으로 다가갔다.

"어디선가 한번 뵌 적이 있는 것 같습니다만?" 하고 나는 인사 삼아 그에게 말을 걸어 보았다.

그는 나를 빤히 쳐다보더니 말했다.

"저도 그런 느낌이 드는군요. 하지만 먼저 묻고 싶은데, 조금 전에 저 한심한 대사와 이야기하던 분이 혹시 댁이 아니신가요? 네, 저기 혼자서 이쪽으로 등을 돌린 채 걸어가는 저 사람 말입니다…… 저 사람 요즘 잘 지내고 있나요? 한때 우리는 서로 친한 친구 사이였죠. 하지만 셈이 많은 친구라서…… 나라는 인간이 자기에게 없어서는 안 될 인물이라는 사실을 깨닫고부터는 더 이상 나를 견딜 수 없어 하더군요."

"왜 그렇게 되었다고 생각하세요?" 하고 내가 질문을 던져 보았다.

"선생께서도 곧 알게 될 겁니다. 그는 단추를 발명했습니다. 그가 분명 당신에게 그 말을 했을 겁니다. 그러나 단춧구멍을 발명한 것은 저랍니다."

"그래서 두 분의 의가 상한 거로군요?"

"그럴 수밖에요."


4


나는 복음서의 글자 속에서, 정확히 말하자면 금지와 금제의 구절을 찾을 수가 없다.[31] 그러나 중요한 것은 가능한 한

---

31　지드는 매우 오래전부터 이런 생각을 품고 있었다. 1897년에 발표한 「문학과

가장 투명한 시선으로 신을 바라보는 것이다. 그런데 내가 욕심내고 원하는 이 지상의 모든 물건은 내가 그것을 육심낸다는 바로 그 사실 때문에 불분명해져 버리고, 그리하여 이 세상 전체가 곧 그 투명함을 상실하거나, 내 시선이 그 투명함을 잃어버린다. 그러므로 나의 영혼은 신을 느끼지 못하게 되고, 또 나의 영혼은 피조물을 위해 창조자를 버림으로써 더 이상 영원 속에 살기를 그치게 된다. 마침내 신의 왕국을 가질 수 없음을 느낀다.[32]

*

주 그리스도여, 나는 다시 당신에게로 돌아왔습니다.[33] 하느님의 살아 있는 형상이신 당신에게로. 나는 이제 나의 마음을 속이는 데에 지쳤습니다. 내 어린 시절의 신성한 벗이었던 당신으로부터 스스로 도망쳤다고만 여겼는데, 내가 사방에서 되찾은 것은 바로 당신입니다. 내 까다로운 마음을 만

윤리의 몇 가지 점들에 대한 성찰」에서 이미 그 단서가 나타나며, 1916년의 『일기』에도 적혀 있다. 그리고 『전원교향곡』에서 목사는 이렇게 쓰고 있다. "나는 복음서 전체를 살펴보았지만 어디에도 계명, 위협, 금지의 말은 찾을 수 없다." 그리하여 그는 순전히 해방의 의미를 지닌 그리스도의 복음을 교회의 설립자요 교리, 계율 그리고 율법의 창시자인 사도 바울과 대립시켜 생각하려 든다. 결국 수많은 비평가들이 지드의 이러한 주장을 비판했다. 한편 지드는 일생 동안 '그리스도의 뜻을 거스르는 기독교'라는 제목의 책을 쓰려고 계획했었다.

32  『지상의 양식』 첫 페이지에 나오는 말. "우리의 시선이 자기에게 머물기만 하면 그 즉시 피조물은 저마다 우리를 신에게서 벗어나게 하는 것이다."와 비교해 볼 것.

33  이 내용은 『전집』 10권에 수록되었다. 그러나 집필 시기는 1916년 무렵으로 추정된다. "주여, 저는 어린아이처럼 당신에게 왔습니다."(『일기』)

족시켜 줄 수 있는 것은 이제 오직 당신뿐인 듯합니다. 내 마음속에 있는 악마만이 당신 가르침의 완전성을 부정하고, 또한 모든 것을 버림으로써만 당신을 되찾을 수 있음에도 나는 당신만을 제외하고 모든 것을 버릴 수 있다는 사실을 부정합니다.

진정한 젊음의 문턱이여,[34]
천국의 현관이여,
새로운 희열로 하여
내 영혼은 어리둥절하구나……
주여! 저의 취기를 더하게 하여 주소서.

불우함 속에서 당신을
기억하는 저의 영혼을
당신과 갈라놓는
공간을 제거하여 주소서……
주여! 저의 황홀함을 더하게 하여 주소서.

맨발이 자국을
남기는 메마른 모래인
내 순박한 시는
운(韻)을 배제하지 않는다.
천진난만함과
과거의 망각에 취하여

---

34　1911년에 쓴 「네 편의 노래」 중 마지막 노래이다.

바자 맞추어 출렁이는 물결 위에서
나의 영혼은 흔들린다.

첫 꽃들을 자욱이 피우고서
어린나무가 웃을 때,
눈물 젖은 늙은 떡갈나무에는
새 떼가 둥지를 친다.

웃음이여, 신성한 리듬이여,
잎새들을 흔들어라!
포도주보다 더 강한
음료를 나는 맛보았나니.

오, 너무 밝은 빛이여
내 눈꺼풀을 뚫어라!
주여, 당신의 진리가
마음 사무치도록 저를 베었나이다.


만남35


피렌체에서 어느 축제 날에 있었던 일이다. 무슨 축제였

---

35  『전집』 10권에 발표한 글. 1912년 4월에는 홀로, 그리고 나중에는 게옹(Henri
    Ghéon)과 함께 체류했던 피렌체에서의 기억이리라고 추정된다. 여기서 언급
    하는 '축제'는 그해 4월 7일의 부활절을 말하는 것으로 보인다.

던가? 기억나지 않는다. 산타 트리니타 다리[36]와 베키오 다리 사이의 아르노 강둑으로 나 있는 내 방의 창가에서 사람들의 무리를 바라보고 있었다. 저녁 무렵 그 무리가 분위기를 돋우기 시작하면 나도 그 속에 끼어들고 싶은 마음이 일지 않을까, 생각하며 기다리고 있었다. 나는 그렇게 강의 상류에서 웅성대며 달려가는 사람들 쪽으로 눈길을 주었다. 그때 베키오 다리 위, 그 다리 높이 늘어선 집들이 끝나고 빈 공간이 드러나는 한가운데 부분, 바로 그 지점에 사람들이 몰려들어 있었다. 인파는 다리 난간 위로 몸을 굽히고 팔을 길게 뻗은 채, 탁한 강물 속에서 오르락내리락하며 물결에 휩쓸려 떠내려가는 무엇인가 조그마한 물체를 가리키고 있었다. 나도 아래로 내려갔다. 지나가는 사람에게 물어보니 한 작은 여자아이가 물에 빠졌다고 했다. 풍선처럼 부풀어 오른 치마 덕분에 한동안 물에 떠 있었지만 지금은 완전히 가라앉아 버렸다는 것이었다. 작은 배들이 강기슭에서 풀려 나왔고, 쇠갈고리를 가진 남자들이 해 질 무렵까지 물속을 뒤져 보았지만 허사였다.

어찌 된 일일까? 그토록 북적대는 사람들 가운데서 아무도 그 여자아이를 알아보고 붙잡지 못했다니? 나는 베키오 다리로 가 보았다. 여자아이가 방금 전에 물속으로 뛰어든 그 자리에서 열다섯 살가량의 소년이 지나가는 사람들의 질문에 대답해 주고 있었다. 그 아이는 여자아이가 갑자기 다리 난간을 타고 넘어가는 모습을 보았다고 했다. 곧장 뛰어가서 한쪽

---

36    1894년 5~6월, 피렌체에 체류할 때부터 지드는 산타 트리니타 다리에 매력을 느꼈다.("이보다 더 아름다운 것은 없다."라고 그는 발레리에게 보낸 편지에서 말했다.)

팔을 붙잡았고, 한동안 소녀를 허공에 붙들어 두었다는 것, 자기 뒤로 수많은 사람들이 아무것도 모른 채 그냥 지나갔고 혼자서는 도저히 그 소녀를 다리 위로 끄집어 올릴 수 없었으므로 도움을 청하려 했다는 것, 그러나 소녀가 "아냐, 그냥 놓아 줘."라고 말했다는 것, 그 목소리가 어찌나 처량한지 결국 하는 수 없이 손을 놓아 버렸다는 것. 그렇게 말하면서 그 아이는 흐느껴 울었다.

(그 소년 역시 어쩌면 소녀 못지않게 불행하고 의지할 데 없는 불쌍한 아이였을 터다. 그는 누더기를 입고 있었다. 나는 그가 소녀의 팔을 붙잡고 죽음과 싸우는 순간, 그 또한 소녀의 절망을 자기 자신의 일처럼 느끼며 소녀와 마찬가지로 절망적인 사랑에, 그들 두 사람에게 하늘의 문을 열어 주는 바로 그 사랑에 사로잡혀 있었을지도 모를 일이라고 상상해 보았다. "프레고…… 라시아테미."[37])

사람들은 그에게 소녀와 아는 사이냐고 물어보았다. 전혀 모르는 사이로, 아까 그 소녀를 처음 보았다고 했다. 그 소녀가 누구인지 아는 사람은 아무도 없었다. 그 뒤로 며칠 동안 온갖 조사를 다 해 보았지만 헛수고였다. 시체가 발견되었다. 열네 살 된 여자아이였다. 매우 야위고 몹시 비참한 옷차림이었다. 나는 그 밖에도 알고 싶은 것이 너무나 많았다. 아버지에게 정부라도 있었던 것일까? 혹은 어머니에게 사내가 있었던 것일까? 의지하고 살아왔던 그 무엇인가가 갑자기 눈앞에서 무너져 버려서…….

"당신이 기쁨에 바치는 책 속에 대체 왜 이런 이야기가 나오는 거죠?" 하고 나타나엘이 물었다.

---

37  "제발…… 나를 가만 좀 놔두세요……."라는 뜻의 이탈리아어.

"이건 더 간단하게 이야기할 생각이었습니다만. 사실 불행을 딛고서 얻는 행복이라면 나는 원치 않습니다. 다른 사람에게서 빼앗아 얻은 재물이라면 나는 원치 않습니다. 내 옷이 남을 헐벗게 하는 것이라면 나는 벌거숭이로 지내겠어요. 아, 하느님 그리스도여, 당신은 식탁을 개방해 두고 계십니다! 당신 왕국의 향연이 이토록 아름다운 것은 만인이 거기에 초대받았기 때문입니다."

*

이 땅 위에는 너무나 많은 가난과 비탄과 어려움과 끔찍한 일들이 가득해서 행복한 사람은 자기 행복을 부끄러워하지 않고는 행복을 생각할 수 없다. 그러나 스스로 행복해질 수 없는 자는 남의 행복을 위하여 그 어떤 일도 할 수 없다. 나는 나 자신 속에서 행복해야 할 절박한 의무를 느낀다. 그러나 남에게 피해를 주거나 남에게서 빼앗아야 비로소 얻을 수 있는 행복은 가증스럽게 여겨질 뿐이다. 한 걸음 더 나아가 우리는 비극적인 사회 문제에 직면한다. 내 이성의 모든 논리도 공산주의의 비탈 위에서 나를 지탱해 주지는 못할 것이다.[38] 그런데 내가 보기에 잘못이라고 여겨지는 바는 가진 자에게 그가 가진 재물을 나누어 가지자고 요구하는 것이다. 그

---

38   [원주] 올라가는 길로 보이는 그 비탈길 위에서 나의 이성이 나의 마음과 하나가 된다. 아니, 내가 뭐라고 하는 거지? 오늘 나의 이성은 나의 마음을 앞선다. 때로 어떤 공산주의자들이 한낱 이론가에 불과함을 보는 일이 괴롭기는 하지만 오늘날 내게는 공산주의를 그저 감정의 문제로만 보려고 하는 또 다른 오류 또한 그에 못지않게 심각하다고 여겨진다.(1935년 3월)

러나 가진 자로 하여금 그가 영혼을 다해 애착을 보이는 재물을 자발적으로 포기하기를 기대하기란 얼마나 어이없는 망상인가. 나는 배타적인 소유에 대해서 늘 혐오감을 느꼈다.[39] 나의 행복은 오로지 증여로 이루어졌다. 그러므로 죽음마저 내 손에서 빼앗아 갈 것이 별로 없다. 죽음이 내게서 앗아 갈 수 있는 것이란 기껏해야 여기저기 흩어져 있어서 손에 넣을 수조차 없는 자연적인 재물, 만인이 다 가질 수 있는 재물뿐이다. 특히 그런 것들이라면 나는 물릴 정도로 만끽했다. 그 밖에 나는 가장 잘 차린 산해진미보다 주막집의 식사를, 담장을 둘러친 가장 아름다운 정원보다 공원을, 값진 희귀본보다 산책 갈 때 마음 편히 들고 다녀도 되는 책을 더 좋아한다. 그리고 어떤 예술 작품을 오직 나 혼자서만 감상해야 한다면 그 작품이 아름다울수록 되레 즐거움보다 슬픔이 앞설 것이다.

나의 행복은 남들의 행복을 증가시키는 데 있다. 나 자신이 행복하려면 만인이 행복해질 필요가 있다.[40]

39  1932년 7월 《N.R.F.》에 처음으로 『일기』의 일부분을 발표하면서 지드는 러시아 공산주의에 대한 자신의 믿음을 표명했다. "나는 러시아의 계획이 성공하는 모습을 볼 수 있을 만큼 충분히 살고 싶다. (……) 나는 이보다 더 열정적인 호기심을 가지고 미래를 생각해 본 적이 없다. 나는 온 마음을 다하여 이 거대하면서도 매우 인간적인 기획에 박수를 보낸다."

40  1935년 1월에 열린 '지드와 우리 시대'라는 주제의 토론에서 앙리 마시스 (Henri Massis)는 이렇게 지적했다. "자신의 전 작품을 통해서 개인을 옹호했던 이 개인주의자는 (……) 자신보다 좀 더 광범위한 무엇에 가담하고 싶다는 유혹을 여러 차례 느꼈다. 이런 태도는 아마 자신의 고독에 대한 일종의 지겨움, 병적인 두려움 탓이기도 하겠지만 또한 어떤 위대함, 더 나아가서는 영웅주의의 필요성을 느낀 데서 온 것이다."

　나는 복음서 속에서 기쁨을 위한 초인적인 노력을 찬미해 왔고 지금도 끊임없이 찬미하고 있다. 우리에게 전해 온 그리스도의 첫마디 말씀은 바로 "행복하도다……."이다.[41] 그리스도가 보여 준 최초의 기적은 물을 포도주로 바꾼 것이다.[42](참다운 기독교인은 냉수를 마시고도 족히 취할 수 있는 사람이다. 바로 그의 안에서 가나안의 기적이 되풀이되는 것이다.) 복음서 위에 비애와 고통의 숭배나 신성화를 성립시키자면 인간들의 가증스러운 해석이 필요했다. 그리스도가 말하기를 "괴롭고 짐을 진 너희들은 모두 내게로 오라! 내 너희들의 짐을 덜어 주리라."[43]라고 하였으므로 인간들은 그리스도의 곁에 가기 위해선 괴로워하고 짐을 져야 한다고 믿었다. 그리고 그리스도가 가져다주는 위안을 '면죄'[44]라고 생각했던 것이다.

---

41　「마태복음」 5장 산상 설교, 3절, "마음이 가난한 사람은 행복하다." 「누가복음」 6장, 행복한 사람과 불행한 사람. 20절, 그때에 예수께서 제자들을 바라보시며 말씀하셨다. "가난한 사람들아, 너희는 행복하다."

42　'가나의 혼인 잔치'의 기적을 이야기한 것은 요한이다. 그리고 이렇게 말한다. "이렇게 예수께서는 첫 번째 기적을 갈릴리 지방 가나에서 행하시어 당신의 영광을 드러내셨다. 그리하여 제자들은 예수를 믿게 되었다."

43　「마태복음」 11장 28절.

44　죄에 대한 형벌을 교회가 부분적 혹은 전체적으로 사면하는 일. 한때 이 면죄가 사고파는 행위의 대상이 되어 큰 문제를 일으킨 적이 있다. 루터가 이 면죄를 반대하고 비판함으로써 종교 개혁이 시작되었다.

*

　오래전부터 나에게는 기쁨이 슬픔보다 더 드물고 더 어렵고 더 아름답게 여겨졌다. 아마도 살아가는 동안에 이룩할 수 있는 이토록 가장 중요한 발견에 이르렀을 때 기쁨은 나에게 자연적인 욕구뿐만 아니라(과거에도 그랬지만) 도덕적인 의무가 되었다.[45] 내가 보기에 자신의 주위에 행복을 널리 퍼뜨리는 최상인 동시에 가장 확실한 방법은 자기 스스로 그 행복의 모습을 보여 주는 것이리라. 그래서 나는 행복해지기로 결심했다.

　나는 썼다. "행복한 자는, 그리고 생각하는 자는 진실로 강한 자일 터다."라고. 사실 무지를 바탕으로 행복을 건설해 본들 무슨 소용이 있겠는가? 그리스도의 첫마디 말씀은 슬픔까지도 기쁨 속에서 껴안기 위한 것이었으니 "우는 자는 행복하다."[46]인 것이다. 그것을 오직 울음을 권장하는 뜻으로 해석하는 자는 그 말씀을 크게 오해한 것이다.

---

45　'행복의 의무'에 관한 내용이다. 몇 문단 앞의 "나는 나 자신 속에서 행복해야 할 절박한 의무를 느낀다." 참조.

46　이것은 세 번째 '참된 행복'이다. "슬퍼하는 사람은 행복하다."(「마태복음」 5장 4절)

# 2장

나는 생각한다, 그러므로 나는 존재한다 ―

나는 이 **그러므로**에서 걸리고 만다.

**나는 생각한다**, 그리고 나는 존재한다. 나는 느낀다, 그러므로 나는 존재한다, 라고 하는 것이 더 진실하리라. ― 그렇지 않다면 심지어

나는 믿는다, 그러므로 나는 존재한다, 라고 하는 편이 더 진실할 터다.

― 그것은 곧 다음과 같은 말이 될 테니까:

나는 내가 존재한다고 생각한다.

나는 내가 존재한다고 믿는다.

나는 내가 존재한다고 느낀다.

그런데 이 세 명제 중에서 마지막 것이 내게는 가장 진실해 보인다. 아니, 유일하게 진실해 보인다. 따지고 보면 나는 내가 존재한다고 생각한다, 라는 명제는 아마도 내가 존재한다는 사실을 전제로 하지 않으니 말이다. 나는 내가 존재한다고 믿는다, 라는 말도 마찬가지다. 하나에서 다른 하나로 옮

겨 가는 것은 "나는 신이 존재한다고 믿는다."라는 명제를 신의 존재 증거로 삼는 것과 마찬가지로 대담한 발상이다. 반면에 "나는 내가 존재한다고 느낀다……." — 여기서 나는 재판관인 동시에 소송 당사자이다. 그러니 여기서 내게 오류가 있겠는가?

**그러므로 나는 존재한다고 생각한다** — 나는 내가 존재한다고 생각한다, 그러므로 나는 존재한다 — 나는 그 어떤 것에 대해서밖에 생각할 수 없으니 말이다.

예를 들면, 나는 신이 존재한다고 생각한다 혹은

삼각형 내각의 합은 두 개의 직각과 같다고 나는 생각한다, **그러므로 나는 존재한다** — 그렇다면 성립이 불가능해지는 것은 그 나라는 것이다: ……그러므로 그것은 존재한다 — 나는 중성인 상태에 머문다.

나는 생각한다: 그러므로 나는 존재한다.

나는 괴로워한다, 나는 숨을 쉰다, 나는 느낀다: 그러므로 나는 존재한다, 라는 것 역시 가능하다. 존재하지 않고서는 생각 자체를 할 수 없다면 생각하지 않고도 존재할 수 있으니 말이다.

그러나 내가 오직 생각만 하는 한 나는 내가 존재한다고 생각하지 않은 채 존재하리라. 그 생각하는 행위에 의하여 나는 나의 존재를 의식한다. 하지만 그와 동시에 나는 단순히 존재함을 그치고 생각하는 존재가 되는 것이다.

**나는 생각한다, 그러므로 나는 존재한다**라는 것은 나는 내가 존재한다고 생각한다와 마찬가지이므로 가령 저울대와 같은 **그러므로**라는 말은 아무런 무게도 없는 것이다. 양쪽 저울

판에는 오직 내가 그 속에 담아 놓은 것, 즉 똑같은 것만이 있다. X＝X인 것이다. 양쪽 항을 서로 뒤바꾸어 보아도 거기서 나오는 것은 아무것도 없다. 아니, 결국 나오는 것은 굉장한 두통과 바깥으로 나가서 산책이나 하고 싶은 생각뿐이다.

*

우리의 마음을 흔드는 어떤 '문제들'은 물론 무의미하지는 않겠지만 완전히 해결 불가능하다 ── 그러니 그 해결에 따라 결정을 내리려는 생각은 어리석기 짝이 없다. 그러므로 그냥 지나가 버리자.

"그러나 행동하기에 앞서 우선 나는 왜 내가 이 지상에 존재하는가, 신은 존재하는가, 신은 우리를 보고 있는가를 알 필요가 있다. 그렇다면 신이 불가피하게 나를 알아볼 테니까. 나는 우선 알고 싶은 것이……."

"알고 싶으면 알려고 노력해 보시오. 그러는 사이에 당신은 행동하지 못할 것이오."

이 거추장스러운 짐을 얼른 수화물 보관소에 맡기자. 그리고 에두아르[47]처럼 곧 그 보관증을 잃어버리자.

*

신을 믿지 않기란 생각보다 훨씬 어려운 일이다. 한 번

---

[47]   지드의 소설 『위폐범들』의 1부 9장에 나오는 인물 에두아르의 에피소드에 대한 암시이다.

이라도 진정으로 자연을 바라본 적이 있는 사람이라면 그렇게는 못 하리라. 물질의 가장 작은 움직임을 봤더라도 말이다…… 그 물질은 왜 떠들고 일어나는 것일까? 무엇을 향해서? 그러나 그런 정보는 당신을 자신의 믿음과 무신론에서 다같이 멀어지게 한다. 정신에게 물질은 침투 가능하고 늘어날 수 있으며 원기 넘치는 것이라든가, 정신은 물질과 혼동될 만큼 물질과 밀접히 관계되어 있다든가에 대해 내가 느끼는 놀라움을 나는 종교적인 것이라고 부를 용의가 있다. 이 땅 위에 있는 모든 것이 나를 놀라게 한다. 이러한 나의 놀라움을 찬미라고 부르기로 하자.[48] 그렇게 하는 데에 동의한다. 그게 무슨 소용인가! 나는 그런 것들에서 당신들의 신을 볼 수 없을 뿐만 아니라, 반대로 신이 거기에 존재할 수 없음을, 신이 거기에 존재하지 않음을 도처에서 보고 그 사실을 발견한다.

신 자신이 조금도 변화시킬 수 없는 모든 것을 나는 신성하다고 부를 용의가 있다.

괴테의 한 문장[49]에서 힌트를 얻은(적어도 마지막 몇 단어에 있어서는) 이 발상은 신에 대한 믿음도, 자연법칙(따지고 보면 자기 자신)에 대립하는 어떤 신, 자연법칙과 혼동되지 않는 어떤 신을 전제로 하지 않는다는 데 그 탁월한 면이 있다.

"그게 스피노자의 학설과 어떤 점에서 다른지를 모르겠군요."

---

48  『지상의 양식』 1장 '현상계(現象界)의 수다스러움' 중 "그리하여 나는 거의 끝일 줄 모르는 열정적 경탄 속에 살았다." 참조.

49  [원주] 『시와 진실』 16권. "나는 나름대로 이해한 스피노자의 생각들을 간단히 말해 보겠다. 자연은 너무나도 필연적인 영원의 법칙에 따라 움직이기 때문에 신조차 그것을 조금도 어찌하지 못한다."

"나는 이걸 스피노자의 학설과 구별할 생각이 없소. 나는 이미 스피노자의 영향을 받았음을 기꺼이 인정했던 괴테를 인용했습니다. 누구나 다 자신의 어느 일부분은 다른 누군가에게 신세 지고 있는 법이지요. 내가 친화력을 느끼고, 나와 연고 있는 어떤 정신들이라면 나는 그들을 당신들이 교회의 '신부님'들을 존경하듯 기꺼이 존경합니다. 그러나 당신들의 전통은 신의 계시를 따르는 까닭에 사상의 자유를 일절 금지하는 반면, 지극히 인간적인 또 하나의 전통은 나의 생각에 그것대로의 덕목을 맡길 뿐만 아니라 그 생각을 고무하고, 우선 스스로 검증하였거나 검증할 수 있는 것만을 진실로 받아들이라고[50] 가르쳐 줍니다." ── 사실 거기에는 약간의 교만함도 없고, 오히려 매우 참을성 있는, 아니, 심지어 조심스러운 생각의 겸손함이 담겨 있으며, 인간은 신의 계시라는 기적적인 개입을 통해서라면 모를까 인간 스스로는 그 어떤 진실에도 도달할 수 없다고 믿는 저 가짜 겸손[51]에 대한 혐오가 깃들어 있다.


## 만남


"최근에 와서 사람들은 내 이야기를 많이 했지요." 하고 신이 내게 말했다. "수많은 풍문이 여기 내게까지 들려오더군요. 좀 귀찮을 정도라고요. 그래요, 알고 있어요, 내가 요즘 인

---

50    데카르트의 『방법 서설』 제1원칙.

51    '가짜 겸손'은 기독교의 가장 근본적인 주장들 중 하나다.

기가 있다는 것 말입니다.[52] 그러나 나에 대해 이러쿵저러쿵 하는 말들이 대개는 맘에 안 들어요. 심지어 나로서는 전혀 이해할 수 없는 것도 있더군요. 아니, 참 잘됐군요! 당신도 그중 한 사람이니까요.(왜냐하면 당신도 문학인가 뭔가를 하는 사람 아닌가요?) 어디 대답 좀 해 보세요, 그 많은 헛소리들 가운데 단 하나 내 마음에 드는 이 한마디, '신에 관한 이야기는 오직 자연스럽게 해야만 한다.'[53] ……이건 누가 한 말이지요?"

"그 간단한 한마디는 제가 한 말입니다." 하고 나는 낯을 붉히며 말했다.[54]

"아, 그래. 그렇다면 잘 들어 두게." 하고 신은 이때부터 나에게 반말로 말했다. "어떤 사람들은 내가 간섭해서 그들의 기성 질서를 뒤흔들어 주길 바라지. 내 법칙들에 충실하지 않으면 일을 너무 복잡하게 하는 결과로 이어질 테고 속임수를 쓰는 일이 될 거야. 그러니까 그 사람들은 내 법칙에 좀 더 고분고분 따라야 해. 그러는 것이 신상에 좋다는 사실을 깨달아야 하는 거야. 인간은 자신이 생각하는 것보다 훨씬 더 많은 일을 할 수 있어."

"인간은 곤경에 처해 있습니다."

"곤경에서 빠져나와야지." 하고 신이 말을 이었다. "내가

---

52  《양 세계 평론(Revue des Deux Mondes)》의 주간인 프랑수아 뷜로즈가 신학과 관련한 글을 잡지에 게재하기를 거절하면서 한 유명한 말. "요즘 신은 인기가 없어요."에 대한 암시다. 반면 지드는 1910년에 이미 '종교 문학'이 되살아나서 유행하고 있음을 강조한 바 있다.(앙드레 지드, 『프레텍스트』, 1913)

53  『지상의 양식』 2장 첫 부분 "나타나엘이여, 신에 관한 이야기는 오직 자연스럽게 해야만 한다." 참조.

54  『지상의 양식』 2장에 나오는 말임을 확인해 주는 문장이다.

인간들을 스스로 알아서 하도록 내버려 두는 이유는 내가 그들을 존중하고 있음을 보여 주기 위해서야."

그리고 신은 또 말했다.

"우리끼리 하는 말이지만,[55] 그건 그리 힘든 일도 아니었어. 그냥 저절로 그렇게 된 거야. 나도 모르게 모든 것들이 최초의 몇 가지 여건들 속에서 생겨난 거야. 그리하여 점점 자라나는 아주 자그마한 싹만 해도 내게는 신학자들의 모든 궤변들보다 훨씬 더 나은 설명이 되거든. 나는 나의 창조 속에 여기저기 흩어지는 동시에 그 속에 숨은 채 사라져 보이지 않게 되기도 하고 또 끊임없이 나 자신을 되찾기도 하고, 드디어 내 창조와 분간할 수 없는 정도가 되어 나의 피조물이 없다면 과연 내가 참으로 존재하기나 할지 의심스러운 지경에 이르지. 그것을 통해서 나는 스스로에게 나 자신의 가능성을 증명하는 거야. 아니, 오히려 흩어져 있는 모든 것이 헤아릴 수 있는 수(數)로 나타나는 것은 바로 인간의 두뇌 속이지.[56] 소리도 색채도 냄새도 인간과의 관계 속에서만 존재하니 말이야. 그리고 한없이 그윽한 여명도, 그지없이 감미로운 바람도, 물 위에 비친 하늘의 영상도, 물결의 떨리는 파동도 인간이 받아들여 인간의 오관으로 조화롭게 느끼지 않는 한 헛된 잠꼬대에 지나지 않는 거야. 나의 창조물들은 그 예민한 거울에 비춰져야만 비로소 송두리째 안으로 굴절되어 색채를 얻고 살아 움직이게 되지."

---

55  이 '만남'의 후반부는 「전집」 10권에 발표되었다.

56  지드는 자신에게 아주 익숙한 이 생각을 발전시켜 「인간과 꽃」이라는 글 속에서 이렇게 말한다. "시냇물의 노랫소리도 그걸 듣는 귀가 없다면 무엇이겠느냐? 찬양하는 인간이 없다면 신인들 무엇이겠느냐?"

"솔직히 말해서 나는 인간에게 몹시 실망했어." 하고 신은 다시 나에게 말했다. "나를 제일 찬양한다는 구실로 그 어느 누구보다도 더 진정한 나의 아들이라고 자처하는 사람들이 외려 내가 그들을 위해 지상에 마련한 모든 것에 등을 돌리니 말이야. 그래, 나를 자신들의 아버지라고 부르는 그들이 나에 대한 사랑으로 인해 수척해지고 괴로워하고 빈곤히 지내는 모습을 내가 어찌 즐겨 바라볼 수 있으리라고 생각하는 것일까? ……대체 그러는 게 무슨 소용이 있단 말인가!

너희가 아이들을 위하여 부활절 달걀을 숲속에 감추어 두듯이 나는 내 가장 아름다운 비밀들을 감추어 두었다네. 나는 특히 그걸 찾으려고 조금이라도 애쓰는 이들을 사랑한다네."

내가 사용하는 '신'이라는 말을 깊이 생각하며 저울질해 보노라면 그 말엔 거의 알맹이가 없음을 인정하지 않을 수 없다.[57] 바로 그렇기 때문에 나는 그 말을 이처럼 편리하게 쓸 수 있는 것이다. 그것은 무형의 항아리, 얼마든지 늘어날 수 있는 항아리여서 우리는 저마다 자기가 담고 싶은 것을 마음대로 담을 수 있지만 거기에는 우리들 각자가 담아 놓은 것만이 담겨 있을 뿐이다. 만일 내가 그 속에 전지전능함을 부어 넣는다면 내 어찌 그 그릇을 두려워하지 않을 수 있겠는가? 만일 내가 그 항아리에 벼락을 빌려준다면, 만일 내가 거기에 번갯불을 매단다면 나는 뇌우가 아니라 신이 무서워서 벌벌 떨고 두려워하는 것이다.

---

57 이제 신에 대해 이처럼 분명하게 자신의 생각을 밝히는 사람은 『새로운 양식』 1장의 그 사람과는 완전히 다른 존재일 터다.

조심성, 양심, 선량함, 만약 인간이 존재하지 않는다면 나는 그런 것을 상상할 수 없다. 인간이 그런 것들을 자기 자신으로부터 떼어 놓고 지극히 막연하게 순수한 상태로, 다시 말해서 추상적 상상으로 신을 다듬어 만들기는 가능하다. 심지어 인간은 신이 최초의 시작이라고, 절대적인 존재가 먼저 있다고, 현실이 그 존재에 의해 동기를 부여받고 또 그 존재에 동기를 부여한다고 상상할 수 있다. 결국 창조주는 피조물을 필요로 한다고 말이다. 그가 아무것도 창조하지 않는다면 결코 창조주가 될 수 없을 테니까. 그런 까닭으로 창조주와 피조물은 서로 의존적인 관계가 된다. 한쪽이 없으면 다른 한쪽도 없고 창조된 것이 없으면 창조주도 없게 되므로, 그리하여 인간은 다른 한쪽 없는 한쪽 이상으로는 신을 필요로 할 수 없고, 한쪽 없는 다른 한쪽 이상으로는 아무것도 쉽게 상상할 수 없는 것이다.

신은 나를 붙잡고 있다. 나는 신을 붙잡고 있다. 그래서 우리는 존재한다. 그러나 이렇게 생각하면서 나는 피조물 전체와 하나가 될 뿐이다. 나는 이 장황한 인류 속으로 녹아서 흡수된다.

## 만남

"신은 그래도 좋아요." 하고 그 귀여운 여자아이가 나에게 말한다. "아! 자, 신은 당신에게 맡기겠어요. 당신하고는 이야기를 해 봤자 아무 소용이 없으리라는 느낌이 드니까요. 그리고 신으로 말하자면 결코 손해 보는 법이 없고, 또 자기 아들을 잘 알아본다지 않아요? 당신도 싫든 좋든 그 아들들 중 하나이지요. 어제만 해도 신부님이 내게 그러시던데요. 신은 당신이 어떻게 생각하든 당신을 구원해 줄 거라고요. 당신은 착한 사람이니까요. 그런데 어떻게 당신은 신을 사랑하지 않는다고 말할 수 있어요? 당신이 그토록 고집불통만 아니라면 당신 자신의 선량함이 곧 신의 선량함의 일부임을, 그리고 당신 속에 있는 모든 착한 것이 신에게서 온다는 것을 곧 인정했을 겁니다. 하지만 내가 당신을 찾아온 이유는 성모 마리아님의 이야기를 전하기 위해서예요. 아! 정말이지 이번에는 당신을 쉽게 놓아주지 않겠어요. 시인인 당신이 어떻게 성모님을 사랑하지 않고 배길 수 있는지 궁금하군요. 사실은 자기도 모르는 사이에 그분을 사랑하고 있겠지요. 아니, 어쩌면 자존심 때문에 그렇다고 털어놓지 못하는 것이거나. 아무리 그래도 그렇지, 어찌 그토록 고집쟁이이신가요! ……아침에 미처 잠에서 깨어나지 않은 초원 위에 떠도는 은빛 안개가 성모님의 의복이라는 것을 왜 그냥 인정하려 들지 않는 건가요? 뱀을 정복한 그의 순수한 두 발을, 요동치는 물결을 잠재우는 저 돌연한 고요를 말이에요. 당신이 찬미하는 저 광선, 별들로부터 진동하며 내려와 밤의 그늘 속에서 샘물을 반짝이게 하고 당신 마음속에 반사하는 저 광선은 바로 그분의 시선입니다. 부드러운 바람에 흔들리며 당신 마음속에 파고드는 저 잎새들의 흥겨운 수런거림은 바로 그분의 음성입니다. 오직 순결함에 대한 욕망밖에 아무것도 희구하지 않는 영혼의 소유자만이 그분을 볼 수 있습니다. 그분이 인간들 마음속의 순결함을 지켜 주는 까닭은 자신의 모습을 거기에 비쳐 보기 위함이랍니다. 나는 그분을 한 번도 뵌 적이 없습니다. 아직은 한 번도. 그러나 나는 나를 더럽힐 만한 모든 것을 멀리하게 해 주는 것이 바로 성모님이고, 성모님에 대한 나의 사랑임을 잘 알고 있습니다. 자! 제발 성모님을 알아보고 사랑하도록 해 보세요. 알아보는 것이 곧 사랑하는 것이니까요. 그렇게 해 주시면 얼마나 기쁠까! ……더군다나 성모님은 너무나도 너그러우셔서 내가 그분의 아들 예수님을 더 좋아해도 상관없다고 하십니다. 아! 예수님은! ……그러나 예수님을 아무리 좋아하더라도 나는 그분이 성모님의 아들이라는 사실을 잊지 않고 있어요. 하기야 한 분 없이는 또 다른 한 분도 사랑할 수 없는 것이지요. 그리고 성령도 마찬가지고요. 그러니 보세요, 생각하면 할수록 당신의 고집을 이해할 수가 없어요. 내 생각을 솔직히 말하자면…… 그런 점에서 당신은 좀 어리석은 것 같아요."

"그렇다면 화제를 바꿉시다." 하고 내가 그녀에게 말했다.

*

오랫동안 나는 신이라는 말을 나의 극히 모호한 관념들을 부어 넣는 일종의 쓰레기통으로 사용해 왔음을 인정한다. 그것은 프랑시스 잠의 수염이 허옇게 난 신과는 별로 닮지 않은 어떤 것이 되고 말았지만 그렇다 한들 더욱 존재의 실감을 지닌 어떤 것 역시 되지 못하였다. 그리고 노인들이 머리털과 치아, 시력과 기억력, 그리고 마침내 생명까지 차례로 잃게 되듯이 나의 신도 늙어 감에 따라(늙는 것은 신이 아니고 나 자신이다.) 예전의 내가 그에게 부여했던 모든 속성들을 잃어버렸다. 우선(혹은 결국) 그 존재, 즉 그 현실성부터 잃어버렸다. 내가 신을 생각하기를 멈추면 신은 존재하기를 멈추었다. 다만 나의 찬미하는 마음만이 신을 창조하고 있었다. 찬미는 신 없이도 가능하지만 신에게는 찬미가 없으면 안 되는 것이었다. 그것은 일종의 거울 놀이와도 같았는데 모든 부담을 내가 도맡고 있음을 깨닫자 나는 그 놀이에 완전히 흥미를 잃고 말았다. 그 후 얼마 동안 그 신의 잔영은 그리 고유한 특성도 없이 미학, 수의 조화, 자연의 살기 위한 노력(conatus vivendi)[58] 속으로 피난하려고 시도했다. ……지금 나는 그것에 대해 이야기하는 일조차 더 이상 별 흥미를 느끼지 못한다.

그런데 지금 생각해 보니, 전에 내가 신이라고 부르던 것, 개념, 감정, 호소, 그 호소에 대한 대답 따위의 모호한 무더기들, 오늘에야 이제 나도 잘 알게 된 터이지만 나에 의해서, 그리고 내 안에서만 존재하고 있었을 뿐인 그것들이 세상의 다른 어떤 것보다도, 나 자신보다도, 전 인류보다도 흥밋거리가 될 수 있다는 생각이 든다.

*

세상과 인생에 대한 그토록 부조리한 관념이 우리 불행의 4분의 3을 만들어 낸다. 과거에 집착한 나머지 오늘의 기쁨이 자리를 내어 주지 않으면 내일의 기쁨이 불가능함을, 하나하나의 물결이 아름답게 굽이치는 것은 바로 그 앞의 물결이 자

---

58 코나투스는 본래 '노력', '경향' 등을 의미하는 라틴어이지만 스토아 학파에 의해 형이상학적 개념으로 쓰이면서 후대의 철학과 사상에 현저한 영향을 끼쳤다. 지드는 해당 개념을 스피노자의 철학과 '신이 곧 자연(Deus sive natura)'이라는 의미에서 사용하고 있는 듯하다.

리를 비켜 주기 때문임을, 저마다의 꽃은 모름지기 열매를 위하여 시들 수밖에 없고 그 열매가 떨어져 죽지 않으면 새로운 개화를 보장할 수 없으며 그래서 봄이라는 계절 역시 겨울의 문턱에 의지하고 있음을 알려고조차 하지 않는 것인가.

*

위에서 살펴본 고찰로 인하여 나는 인간 역사의 교훈보다 자연사(自然史)의 교훈에 더 기꺼이 귀를 기울이게 되었고 물론 과거에도 항상 그러했다. 나는 인간 역사의 교훈이란 별로 큰 도움이 되지 않는다고 생각한다. 그것은 언제나 우연적인 것일 수밖에 없다.

지극히 보잘것없는 풀잎의 성장도 불변의 법칙들을 따른다. 그 법칙들은 인간적 논리를 벗어나 있다. 아니, 적어도 그 논리로 환원되지 않는다. 여기서 실험이란 얼마든지 다시 시작할 수 있는 것이다. 혹시 거기에 오류가 있더라도 한층 정밀하고 현명한 관찰 방법을 택하기만 한다면 어떤 하나의 영구적 진리, 즉 나의 이성을 이해하고 초월하는 신, 나의 이성으로 부정할 수 없는 어떤 신에게 마침내 더 가까이 다가갈 수 있다.

그 신은 자비심이 없을지도 모른다. 그러나 당신의 신이라고 해서 당신이 부여하는 것 이상으로 더 큰 자비심을 가지고 있지는 않다. 인간 자신을 제외하고는 이 세상의 그 어느 것도 비인간적이지 않은 것이 없다. 그것만큼은 감수하지 않을 수 없다. 거기서 출발하지 않으면 안 된다. 그리고 출발해야 한다.

\*

　나로서는 하느님보다 고대 그리스의 제신을 믿는 편이 더 용이하다.[59] 그러나 나는 그 다신교가 아주 시적인 것임을 인정하지 않을 수 없다. 그것은 근본적인 무신론과 다를 바 없다. 사람들이 스피노자를 비난한 까닭은 그의 무신론 때문이었다. 그러나 스피노자는 가장 신심이 깊은 가톨릭교도들보다 훨씬 더 독실한 사랑과 존경과 경건한 마음으로 그리스도 앞에 고개 숙였다. 단 신성이 없는 그리스도였기는 하지만.

\*

　기독교적 가설이란…… 용납할 수 없는 것.
　그렇지만 그 가설이 유물론적 검증들에 동요할 수는 없다.
　신의 속임수 중 한 가지를 간파하여 그것을 고발했다고 한들 신에게 과오가 있다고 보아야 할 것인가?
　번갯불의 발생 과정을 이해했다고 해서 신에게 벼락을 내

---

59　"고대 그리스 신화를 이해하기 위한 첫 번째 조건은 그것을 믿는 일이다. 거기에 기독교가 우리들 마음에 요구하는 것과 같은 믿음이 필요하다는 말은 아니다. 그리스 종교에 대한 동의는 전혀 다른 성질의 것이다. (……) 각각의 신화가 상대하는 것은 우선, 그리고 오로지, 이성뿐이다. 우선 이성이 그 신화를 인정하지 않으면 전혀 이해하지 못한 것과 같다. 그리스의 우화는 본질적으로 이성적이다. 그러므로, 기독교에 대해 불경한 말을 하려는 것은 아니지만, 바울의 교리를 믿는 것보다 그리스 우화를 믿는 편이 더 쉽다고 말할 수 있다."(「그리스 신화에 대한 고찰」, 1919)

릴 권능이 없다고 할 것인가?

지구의 언저리에서 지구를 지탱해 주고 태양의 주위를 돌게 하고 따뜻하게 해 주고 환하게 밝혀 주고 시인들로 하여금 몽상하는 데에 꼭 필요한 만큼의 별만을 하늘에 내보인다면 아마 믿을 수 있을지도 모른다고 생각하는 X가 말하기를 "별이 너무 많습니다. 세상도 너무 많고요."

그러나 그는 우리의 지구가 우주의 중심이라는 것을 믿을 수 없음을 알고 있다. 그러니까 속죄의 가르침도 믿을 수 없습니다, 하고 그가 말한다. 그러니 이제 그리스도가 더 이상 중심적 존재가 아니라면, 그가 모든 것이 아니라면 내게 더 이상 아무것도 아닙니다.

하지만 그 둘 중 한쪽은 진실일 것이다 — 그러나 나는 둘 중 어느 쪽이 더 상상할 수 없는 것인지 결정할 수가 없었다. 즉 무한한 공간에 무한한 세상들이 가득 들어차 있다고 생각할지, 아니면 몇몇 별들 이외에는 단 하나의 별조차 더 존재할 수 없는 한정된 세계가 있다고 생각할지 말이다. 그 두 별이 운행하는 공간을 넘어서면 또 무엇이 있다는 것인가? 나의 정신이 부닥치는 한계가 거기에 있다. 나의 정신이 더는 날아가서 볼 수 없는 공허의 세계. 어떤 현존인 동시에 장애물. 혹은 금지하는 부재 — 그것은 주체의 부재인 동시에 객체의 부재 — 점진적인 부재, 혹은 어디서부터 시작하는지 알 수 없는 부재? 점진적으로 현존이 축소되어 가는 부재. 혹은 돌연 완전하게 모든 것이 제거되는 부재?

아니다. 전혀 그런 것이 아니다. 그러나 마찬가지로 그 옛날에 지구가 둥글다는 것, 그 완전한 원주의 출발점이 도착점과 만난다는 사실을 깨닫게 될 때까지 사람들은 이 지구가 어떤 모습으로 어디서 끝날까, 하고 놀라움을 감추지 못했다.

*

인간의 정신이 확신을 가질 수 없다는 확신을 얻은 이래 나는 아무런 확신 없이도 잘 살아왔다. 이 점을 인정하고 난 다음에 무엇을 또 할 수 있단 말인가? 확신을 만들어 가지든가, 아니면 가짜 확신을 진짜라 여기며 받아들이고자 애쓸 것인가? ……그것도 아니라면 확신 없이 지낼 수 있는 방법을 배워야 한다. 그것이 바로 내가 고심했던 바다. 나는 이 금단(禁斷)이 인간을 절망으로 이끌었음을 인정하지 않았다.

# 3장

1

자연의 모든 노력은 쾌락[60]을 지향한다. 쾌락은 풀잎을
자라게 하고 싹을 발육하게 하며 꽃봉오리를 피어나게 한다.
화관(花冠)을 햇빛의 입맞춤에 노출하고 생명 있는 모든 것
을 혼인하게 하며 둔한 유충을 번데기로 변하게 하고 번데기
라는 감옥에서 나비를 해방시키는 것 역시 쾌락이다. 모든 것
은 쾌락에 인도되어 최대한의 안락, 더 나은 의식, 더 나은 진
보……를 동경한다. 그런 까닭에 나는 책 속에서보다 쾌락 속
에서 더 많은 것을 배웠다. 그러므로 나는 책 속에서 명쾌함

---

60  자연을 살아 움직이게 하는 동력으로서의 쾌락(volupté)이라는 주제는 이미
『지상의 양식』에 나타나 있었다. 가령 5장 '다섯 번째 과일 창고의 문'에서 "그
러나 지금은 이 경이로움을 보라: 저마다의 수태에는 쾌락이 따른다. 과일은
단맛에 싸인다. 생명을 향한 인내는 쾌락에 싸인다. 과일의 살, 사랑의 맛있
는 증거." 그리고 『새로운 양식』 1장 첫 부분에서 보다 더 광범위한 규모로 다
시 거론된다. 그러나 여기서는 쾌락이 사회적 의미로 확대되고 있음을 알 수
있다.

보다 난삽함을 더 많이 발견했다.

거기에는 토론도 방법도 없었다. 나는 그 환락의 대양 속으로 정신없이 빠져들었지만 물 위에서 유영할 뿐 가라앉지 않는 데 놀랐다. 우리의 온 존재가 스스로를 의식하는 것은 쾌락 속에서이다.

그 모든 것은 구태여 결심하지 않고도 이루어졌다. 나는 아주 자연스럽게 나 자신을 내맡겼다. 나도 물론 인간의 천성이 나쁘다는 말을 들었지만 그걸 실증해 보고 싶었다. 사실 나는 나 자신에 대해 남에 대해서만큼 호기심이 일지 않았다. 아니, 오히려 육체적 욕망이 은근히 작용하여 어떤 감미로운 혼미를 자아냈고, 나를 나 자신 밖으로 달려 나가게 했다.

나 스스로 내가 누구인지를 모르는 한 도덕의 탐구는 그리 할 만하지도, 가능하지도 않다고 여겼다. 자기 찾기를 중지하였으니 그것은 곧 사랑 속에서 나를 되찾기 위함이었다.

잠시 동안 일체의 도덕을 거부하고 더 이상 여러 가지 욕망들에 저항하지 말아야 했었다. 욕망들만이 나에게 교훈을 줄 수 있었다. 나는 그것에 휩쓸렸다.


만남

"아!" 하고 그 가엾은 장애인이 내게 말하는 것이었다……
"단 한 번만이라도! 베르길리우스의 말처럼[61] '내 몸을 달아 오르게 하는 사람'을 이 두 팔로 한번 안아 볼 수 있다면……

그런 기쁨을 맛본 뒤엔 다른 기쁨들을 더 이상 맛보지 못하더라도 나는 쉬이 체념할 수 있을 것 같아요. 그리고 더 쉽사리 죽을 수도 있을 것 같아요."

"불쌍한 사람! 그 기쁨을 일단 한번 맛보면 자네는 더욱더 그걸 바라게 될 거야. 자네가 아무리 시적 감성을 지닌 사람이라 할지라도 그런 종류의 경험이라면 차라리 추억하는 것보다 상상하는 편이 덜 괴로울 걸세." 하고 내가 그에게 말해 주었다.

"그걸 지금 위로라고 하는 건가요?" 하고 그가 말했다.

\*

그러나 나는 몇 번이나 어떤 기쁨을 맛보려는 바로 그 순간에 마치 고행하는 사람처럼 갑자기 등을 돌리지 않았던가. 그것은 포기가 아니라 그 지고한 즐거움이 과연 어떤 것일까 하고 생각해 보는 너무나도 완벽한 기대, 너무나도 성숙한 예상이었으므로 그 기쁨을 실현해 본들 새삼스레 얻을 것은 없을 듯했다.[62] 그리고 어떤 쾌락을 확실하게 준비하자면 그 쾌락을 손상할 수밖에 없으며, 가장 감미로운 황홀감은 예기치 않은 순간에 존재 전체를 사로잡는 것임을 알기에 아예 그 기쁨을 무시하고 넘어가는 수밖에 없었다. 그러나 적어도 나는

---

61  베르길리우스의 『목가』 10~38. 이 인용은 갈루스가 한 말의 전반부 반이고, 『지상의 양식』 7장 제사는 후반부 반에 해당한다.

62  지드 특유의 금욕주의를 엿볼 수 있다. 『앙드레 발테르의 수기』 중 "오! 손만 뻗으면 닿을 듯한 행복의 바로 곁에서 — 그 행복을 그만 지나쳐 버릴 때의 감동." 참조.

내 마음속에서 쾌락을 두려워하게 하고 육욕을 만족시키면 영혼을 회한에 휩싸이게 하는 일체의 과묵함, 부끄러움, 체면상의 조심성, 소심한 주저 따위를 몰아낼 수 있었다. 나는 내면의 봄으로 온통 가득 차 있었다. 그래서 나는 길 위에서 꽃봉오리가 벌어지거나 활짝 피어나는 광경을 보아도 그 내면속 봄의 메아리나 그림자로만 보였다. 나 자신이 너무나 뜨겁게 불타고 있어서 나는 담뱃불을 빌려주듯이 남에게 내 열정을 전해 줄 수 있을 것 같았고 담배는 그로 인해 더욱 뜨겁게 타오를 듯했다. 나는 내 몸에서 재를 털어 냈다. 내 눈 속에서는 여기저기 흩어진 채 격렬하게 타오르는 사랑이 웃음 짓고 있었다. 나는 생각했다. 선량함이란 행복이 방사하는 빛에 불과한 것이며, 내 마음은 행복함에서 오는 단순한 효과에 의해만인에게 주어지는 것임을.

그리고 나중에…… 아니다, 내가 나이와 함께 느끼게 된 것은 욕망의 감퇴도, 포만감도 아니었다. 그러나 흔히 탐욕을 이기지 못하는 내 입술 탓에 쾌락이 너무나도 빨리 소진되었으므로, 쾌락의 취득보다 추구가 더욱 값지다고 느꼈다. 그리하여 결국 나는 점점 더 갈증을 달래는 것보다 갈증 그 자체를, 쾌락보다 그 약속을, 사랑의 만족보다 무한한 확대를 더 좋아하게 되었다.

나는 그를 보러 발레(Valais)의 마을로 갔다. 그곳에서 그는 표면상 병후 요양을 하고 있었지만 사실은 죽음을 준비하고 있었다. 병 탓에 그의 모습이 어찌나 변했던지 나는 그를 간신히 알아보았다.

"정말이지 이거야 원, 영 시원치 않아. 정말 안 좋아." 하고 그가 말했다. "이젠 신체 기관이 차례로 말썽을 일으키는 거야. 간장 다음에는 신장이, 그다음에는 비장이…… 그리고 무릎은 또 어떻고! 어디 한번 보게나!"

그러고는 모포를 반쯤 걷어 올리더니 수척한 다리를 앞으로 내밀며 관절 부분에 생긴 커다란 혹 같은 것을 보여 주었다. 땀에 흠뻑 젖은 내복 상의가 몸에 찰싹 달라붙어서 여윈 몸이 그대로 드러나 보였다. 나는 서글픈 표정을 감추기 위해 미소를 지어 보이려고 애썼다.

"어쨌든 자네도 완쾌하려면 제법 시일이 걸린다는 걸 알고 있잖은가." 하고 내가 그에게 말했다. "그래도 여기 있으니 기분은 좋지? 공기도 맑고 말이야. 음식은 어떤가……?"

"썩 괜찮아. 천만다행으로 아직 소화는 잘되지. 며칠 전부터 체중이 좀 늘었어. 열도 내렸고. 오! 따지고 보면 꽤 좋아진 편이야."

미소 비슷한 표정이 떠오르면서 그의 얼굴 윤곽이 좀 되

<hr />

63 이 내용은 1930년 8월에 지드가 아르카숑의 요양원으로 마르크의 친형이자 자신의 친구인 장폴 알레그레를 찾아갔던 때의 일을 사실 그대로 기록한 것이다. "끔찍하기 짝이 없는 엿새 동안 그를 격려하고, 괴로워하는 그를 도와주고, 거짓말을 하고, 그에게 죽음을 감춰 가며 보냈다."(『일기』, 1930년 8월 18일)

살아났다. 어쩌면 그가 희망을 아주 다 잃어버리지는 않은 것 같다는 생각이 들었다.

"게다가 이제 봄도 되었으니 조만간 자네도 정원에 내려가 볼 수 있을 걸세." 하고 내가 창문 쪽으로 얼굴을 돌리며 얼른 말을 이었다. 눈에 가득히 고이는 눈물을 감추고 싶었던 것이다.

"이미 매일 점심 식사 후에 잠깐씩 내려가 보곤 하네. 저녁 식사만 방으로 가져다 달랬거든. 점심은 억지로라도 공용식당에 가서 먹으려고 하네. 지금까지 세 번밖에 빠지지 않았어. 식사를 하고 3층까지 다시 올라오는 게 좀 힘들긴 하지만 뭐 급할 건 없으니까. 한 번에 네 계단 이상은 오르지 않아. 그러고는 숨을 돌리지. 적어도 이십 분은 잡아야 해. 그렇지만 운동도 되니까. 그런 다음에 다시 침대에 누우면 여간 흐뭇한 게 아냐! 그러는 동안에 방 청소를 부탁할 수도 있고. 하지만 무엇보다 될 대로 되어라, 하고 방심하는 게 두려워……. 이 책들 말인가? ……그래, 이건 자네가 쓴 『지상의 양식』일세. 이 작은 책을 늘 옆에 두고 있지. 이 책이 내게 얼마나 위안과 용기를 주는지 자네는 모를 걸세."

이 말은 내가 이제껏 받았던 그 어떤 찬사보다도 나를 기쁘게 했다. 솔직히 말해서 나는 이 책이 강건한 사람들에게만 사랑받지는 않을지, 걱정했었다.

"그래." 하고 그가 말을 이었다. "몸이 이런 꼴이긴 하지만 금방이라도 꽃이 필 것 같은 정원에 내려가면 마치 파우스트처럼 흘러가는 순간을 향하여 '그대는 참 아름답구나! ……잠시 멈추어 보렴.' 하고 말하고 싶어진다네. 모든 것이 그때는 다 조화롭고 아름다워 보이니 말이야. 다만 마음에 걸리는 것은 오직 나만이 이 음악회에서 불협화음을 내고, 이 화폭 속에 얼룩을 만들고 있다는 느낌이 든다는 점이지……. 나도 아름다운 존재였으면 얼마나 좋겠나!"

잠시 동안 그는 아무 말 없이 활짝 열린 창 너머로 내다보이는 푸른 하늘에 눈길을 던졌다. 이윽고 보다 더 낮은 목소리로 겁이 난다는 듯이 말했다.

"자네가 우리 부모님께 내 소식을 좀 전해 주면 좋겠네. 난 이제 더 이상 편지를 드릴 수 없는 처지가 되었어. 무엇보다 사실을 말씀드릴 수가 없어. 내가 편지를 보낼 때마다 어머니는 즉시 답장을 보내면서 이렇게 말씀하시거든. 내가 병에 걸린 것은 내게 좋은 일이고, 하느님이 나를 구원하시려고 내게 고통을 주시는 거라고 말일세. 병을 고치려면 그 점을 잘 알아야 하고, 그런 다음에야 비로소 병이 나을 만한 자격을 갖추게 된다고 하시지. 나는 그런 설교가 싫어서 늘 그냥 잘 지내고 있다고만 말하지. 어머니의 설교를 들으면 오히려 마음속에 신성 모독의 감정만이 가득해지니까. 그러니 자네가 어머니께 편지를 좀 써 주게나."

"오늘 아침에 당장 쓰겠네." 하고 나는 땀에 젖은 그의 손을 잡으면서 말했다.

"아! 너무 꽉 쥐지 말게, 아파."

그는 미소를 지었다.


2


프랑스 문학, 특히 이상하게도 낭만주의 문학[64]은 슬픔을 찬미하고 배양하고 전파해 왔다. 가장 영광스러운 행동에 나서도록 인간을 부추기는 저 능동적인 슬픔이 아니라 이른바 우수라고 일컫는, 시인의 이마를 창백하게 해서 돋보이게 하고 눈빛에 향수를 깃들게 하는 일종의 물렁물렁한 영혼의 상태 말이다. 거기에는 어떤 유행과 자기만족 같은 것이 깃들어 있었다. 기쁨은 너무 멀쩡한 데다 멍청한 건강의 표시이므로 천하게 보였다. 그래서 사람들은 웃는 모습을 보면 얼굴을 찌푸리는 것이었다. 슬픔이 영적 특권을, 따라서 심오함이라는 특권을 독차지했다.

베토벤보다 언제나 바흐와 모차르트를 더 좋아했던 나는 "가장 절망적인 노래가 가장 아름다운 노래이니."라는 뮈세의 저 유명한 시구[65]를 불경한 말로 여기며, 인간이 적대적인 공격에 쓰러져 버린다는 사실을 받아들일 수 없었다.

그렇다, 나는 여기에 자연스러움으로 기우는 방임보다 결단이 더 많이 내포되어 있음을 알고 있다. 프로메테우스가 카프카스산 위에서 사슬에 묶인 채 고통받고, 그리스도가 십자가에 못 박혀 죽은 것은 둘 다 인간을 사랑했기 때문임을 나는 알고 있다. 반신(半神)들 중에서 헤라클레스만이 괴물들, 히드라, 그리고 인간을 괴롭힌 저 모든 끔찍한 힘들을 이겨 낸 고뇌를 이마에 간직하고 있음을 나는 알고 있다. 아직도 정복해야 할 용들이 많이 있음을, 어쩌면 영원히 존재하리라는 것을…… 나는 잘 알고 있다. 그러나 기쁨을 포기하는 데에는 어떤 파산 같은 것이, 일종의 직무 유기, 비겁함 따위가 숨어 있다.

---

64    낭만주의 문학에 대한 지드의 신랄한 비판을 엿볼 수 있다.

65    알프레드 드 뮈세의 시 「5월의 밤」을 가리킨다.

오늘날까지 인간은 다른 사람들을 해치고 짓밟고 올라서는 것으로써만 비로소 행복을 가능하게 해 주는 안락함에 이를 수 있었다. 그러나 이야말로 더 이상 용납할 수 없는 일이다. 수많은 인간이 이 땅 위의 자연스러운 조화로움에서 생겨나는 그 행복을 단념해야 한다는 것은 더욱 용납할 수 없다.

*

인간들이 약속받은 땅 — 허락된 땅을 어떻게 만들어 놓았는가……. 이 점을 생각하면 신들도 얼굴을 붉힐 것이다. 장난감을 부수는 어린애도, 먹이를 얻어야 할 목장을 파괴하고 물을 마셔야 할 샘을 흐리는 짐승이나 자기 둥지를 더럽히는 새도 이보다 더 어리석을 수는 없다. 오, 도시들 언저리의 한심한 모습이라니! 추악하고 난잡하고 악취가 진동한다……. 조그마한 이해와 사랑만 있었어도 도시의 녹지대가 되었을 정원들을 나는 생각해 본다. 초목이 제공하는 가장 사치스럽고 가장 정다운 모든 것을 보호하고, 누군가 만인의 즐거움을 조금이라도 훼손했을 때 그를 벌하면 되었을 것을.

여가여! 나는 그대들이 어떤 것이 될 수 있을지를 생각해 본다. 오, 기쁨의 축복 속에 이루어지는 정신적 유희여! 그리고 노동, 노동 그 자체도 믿음이 없는 저주에서 벗어나 마침내 구원받는다.

*

어떤 진화론자가 과연 애벌레와 나비 사이에 연관성이 있다고 추정할 수 있겠는가 ─ 바로 그 둘이 똑같은 존재라는 사실을 모른다면 말이다. 그것들의 계통은 상상조차 불가능해 보인다. 그런데 사실은 동일체인 것이다. 내가 만약 자연 과학자였다면 이 수수께끼에 내 정신의 모든 힘과 모든 의문을 집중했을 것이다.

이 변신을 목격할 수 있는 기회가 극소수의 사람들에게만 주어졌다면, 이 변신이 보다 더 희귀하고 드문 것이었다면 아마도 우리들에게 그 변신은 더욱 놀랍게 느껴졌을 것이다. 그러나 인간이란 흔한 기적에는 별로 놀라지 않는다.

변하는 것은 형상만이 아니다. 풍속도 입맛도 변한다.

"너 자신을 알라." 위험한 동시에 추악한 격언이다. 스스로를 관찰하는 자는 누구든 발전을 멈춘다. '자신을 잘 알려고' 애쓰는 애벌레는 절대로 나비가 되지 못할 것이다.

*

나는 나의 다양성을 통해서 어떤 불변성을 분명히 느낀다. 내가 다양하다고 느끼는 것은 언제나 나 자신이다. 그러나 그 불변성이 존재함을 알고 느끼는데 도대체 무엇 때문에 그 불변성을 얻어 내려고 애쓰는 것일까? 나는 내 일생을 통해서 나를 알려는 노력을 거부해 왔다. 다시 말해서 나를 찾기를 거부해 왔다. 내가 보기에 그러한 탐구, 아니, 더 정확하게 말하자면 그러한 성취는 존재를 제한하고 빈약하게 만드는 것 같았다. 혹은 어지간히도 빈약하고 한계를 지닌 인사들만이 자신을 발견하고 자신을 이해할 수 있게 된다고, 아니 어쩌면 자신에 대하여 안다는 것은 존재와 그 발전을 제한한다고 여겼던 것이다. 왜냐하면 그런 다음에는 자신의 모습과 닮아야 한다는 일념으로 자기가 발견한 그 모양 그대로 남아 있게 될 테니 말이다. 그러니 오히려 미래의 기대를, 영원히 손에 잡히지 않는 생성 변화를 끊임없이 지켜 나가는 편이 나을 것이다. 나에게는 어떻게든 확고하게 이치에 맞는 것보다, 자기 자신과 일치한 모습을 보여 주겠다는 어떤 방식의 의지보다, 자신과 단절되는 것에 대한 두려움보다, 차라리 모순이 덜 거부감을 일으킨다. 사실 나는 그 모순이 외견상으로만 모순일 뿐 실제로는 깊이 감추어진 어떤 연속성과 훨씬 관련되어 있으리라고 생각한다. 또 나는 이 경우 역시 다른 경우와 마찬가지로 언어적 표현이 우리를 속이는 것이라고 생각한다. 언어는 실제 삶에서 보다 더 많은 논리를 우리에게 빈번히 요구하고, 또 우리들 내면의 가장 귀중한 것은 표현되지 않은 상태로 남아 있는 부분이니 말이다.

3

나는 가끔, 대개는 심술궂은 마음을 가지고 내가 생각하는 것 이상으로 남에 대해 나쁘게 이야기하고, 비겁한 마음으로 많은 작품들에 대하여 실제 이상으로 좋게 말했다. 책이든 그림이든 그 작품의 작자들을 나의 적으로 만들까 봐 두려워서 말이다. 나는 때때로 조금도 재미있다고 여기지 않는 사람들에게 미소를 지어 보였고, 어리석은 말을 무척 고상하다고 느끼는 척도 했다. 또 종종 따분해 죽을 지경인데도 흥미로운 척했고, 사람들이 "좀 더 있다 가시죠……." 하는 말 때문에 감히 자리에서 일어설 용기를 내지 못한 채 앉아 있기도 했다. 나는 너무나 자주 마음의 충동을 이성으로 제지했다. 반면에 마음은 침묵하는데도 입으로 말을 하는 일이 지나치게 잦았다. 나는 가끔 남들의 동의를 얻기 위하여 어리석은 짓들을 했다. 반대로 내가 반드시 해야 한다고 생각하면서도 남들이 동의해 주지 않을 것을 알기에 시도해 보지 못한 일도 많았다.

'돌이킬 수 없는 과거'에 대한 후회[66]는 늙은이들이 마음을 쓰는 가장 부질없는 일이다. 그렇게 생각하면서도 나는 그것을 극복하지 못하고 있다. 당신은 그 후회가 부지불식간에 신의 뜻을 되돌려 준다고 믿기에 나를 그쪽으로 부추겼다. 그러나 당신은 나의 후회, 나의 회한의 성질을 오해하고 있다. 지금 나를 괴롭히는 것은 '행해지지 않은 것'에 대한 후회, 젊은 시절에 내가 할 수도 있었고 했어야 옳았으나 도덕 (morale) 때문에 행하지 못한 모든 것들에 대한 후회다. 이젠 더 이상 신뢰하지도 않는 도덕, 자기 육체의 만족을 거부하는 데서 긍지를 느낄 만큼 가장 거추장스럽고 마땅히 순종해야 옳다고 믿었던 그 도덕 때문에 말이다. 영혼과 육체가 사랑하기에 가장 알맞고 또 사랑하고 사랑받기에 가장 어울리는 나이, 포옹이 가장 힘차고 호기심이 가장 강하며 배울 것이 많고 쾌락이 가장 값진 나이, 바로 그 나이에 영혼과 육체 또한 다 같이 사랑의 요구에 저항하는 데 최대의 힘을 발휘하기 마련이다.

---

66　"Laudator temporis acti." 호라티우스가 "온통 지나간 시절만을 가장 좋았다고 떠들어 대는" 늙은이들을 꼬집은 말이다.

당신이 '유혹'이라고 불렀던 것, 내가 당신과 함께 유혹이라고 불렀던 것, 내가 애석하게 여기는 점은 바로 그것이다. 오늘 내가 후회하는 것이 있다면 몇 가지 유혹에 패배했기 때문이 아니라 너무나 많은 유혹들에 저항했기 때문이다. 그 유혹들이 벌써 매력을 잃고 나의 사고에 별 도움이 되지 못하게 되었을 때 나는 뒤늦게야 그것을 찾아 헤매었던 것이다.

나는 나의 청춘을 어둡게 했음을, 현실보다 공상을 더 좋아했음을, 삶을 등지고 있었음을 후회한다.[67]

*

오! 우리가 하지 못한 모든 것, 그러나 우리가 할 수도 있었을 모든 것…… 하고 이승을 떠나려는 순간 그들은 생각할 것이다. 우리가 했어야 마땅한 모든 것, 그러나 우리가 하지 못한 모든 것! 체면을 걱정하다가, 기회를 기다리다가, 게을러서, 그리고 줄곧 "제길! 시간은 항상 충분해." 하는 생각만 하다가, 두 번 다시 오지 않을 매일매일, 두 번 다시 잡을 수 없을 매 순간을 놓쳐 버렸기 때문에. 결심, 노력, 포옹을 뒤로 미루었기 때문에……

지나가는 시간은 지나가 버리고 만다.

오! 후세의 그대는 보다 민첩하게 순간을 놓치지 말라! 하고 그대들은 생각할 것이다.[68]

---

67  『지상의 양식』 8장 앞부분 "물론, 그렇다! 나의 청춘은 참으로 어두운 것이었다. 나는 그것을 후회한다." 참조.

68  이것이 바로 『지상의 양식』의 교훈이다. 그러나 이 말은 호라티우스의 유명한 말을 그대로 번역한 것이기도 하다.(『송가』, 1권 11-8)

\*

　나는 지금 내가 차지하고 있는 이 공간적 지점에, 이 정확한 시간 속 순간에 자리 잡고 있다. 나는 이 지점이 결정적이지 않다는 관점을 용납할 수 없다. 나는 두 팔을 한껏 길게 뻗어 본다. 나는 말한다. 여기가 남쪽, 여기가 북쪽……. 나는 결과다. 나는 원인이 될 것이다. 결정적인 원인이! 두 번 다시 있을 수 없는 단 하나의 기회! 나는 존재한다. 그런데 나는 내가 존재하는 이유를 찾아내고 싶다. 나는 내가 왜 사는지를 알고 싶다.

\*

　타인에게 우스꽝스럽게 보이지 않을까, 하는 두려움 때문에 우리는 최악의 비겁한 짓들을 저지른다. 얼마나 많은 청년들이 용기로 충만해 있다고 자신하다가 그들의 굳은 믿음을 한갓 '유토피아'라고 치부하는 말 한마디와, 양식 있는 사람들의 눈에 스스로 헛된 꿈에 빠진 사람으로 비치지 않을까 하는 두려움 때문에 돌연 기가 꺾이고 말았던가. 마치 인류의 모든 위대한 발전이 실현된 유토피아에 힘입지 않은 것처럼! 마치 내일의 현실이 어제와 오늘의 유토피아로 이루어져서는 안 될 것처럼 — 만약 미래가 과거의 단순한 반복(그것이야말로 나에게서 삶의 기쁨을 송두리째 다 앗아 갈 수 있는 가장 큰 이유가 되겠지만)이 아니라면 말이다. 그렇다, 발전이 가능하다는 생각이 없다면 내게 삶이란 더 이상 아무런 가치도 없다 — 그러므로 나의 소설 『좁은 문』에서 알리사의 입을 통해 "제 아무리 행복한 것일지라도 발전이 없는 상태란 나로서는 바랄 수 없습니다……. 그래서 발전이 없는 기쁨이라면 경멸할 것입니다."라고 했으니, 바로 내 마음의 표현이다.

*

　우리가 마음속에 품고 있는 공포감을 실제로 불러일으킬 만큼 두려운 괴물은 극히 드물다.

　공포가 낳는 괴물들 ─ 밤의 공포와 밝음의 공포, 죽음의 공포와 삶의 공포, 남들에 대한 공포와 자신에 대한 공포, 악마의 공포와 신의 공포 ─ 그대들은 더 이상 우리에게 두려움을 강요하지 못한다. 그러나 우리는 여전히 망령들의 지배 아래 살고 있다. 신을 두려워함이 지혜의 시작이라고 누가 말했던가. 무모한 지혜, 참된 지혜여, 그대는 공포가 끝나는 곳에서 시작하니, 우리에게 삶이 무엇인지 가르쳐 주는구나.

*

　믿음이 가능한 곳이면 어디든 안락과 기쁨을 가져다준다는 점이야말로 머지않아 나에게 없어서는 안 될 행복의 필요 조건이 되고 요구 조건이 될 것이다. 이제는 공감에 의하여, 이를테면 위임에 의하여 맛볼 수 있는 행복 이외에 다른 행복은 더 이상 알지 못하므로 마치 남의 행복만으로 나 자신의 행복을 이룩해야 한다는 듯이. 그래서 그 행복을 가로막는 모든 것은 내게 가증스럽게만 느껴졌다. 즉 소심함, 낙담, 몰이해, 험구, 과장되게 엄살 부리며 상상하는 비탄, 비현실적인 것에

대한 부질없는 갈구, 당파·계급·국민·종족 간의 분열, 그리
고 인간을 자신 및 남의 적이 되도록 하는 모든 것, 불화를 조
장하는 것들, 억압, 위협, 부정 등이 그것이다.

*

　다람쥐는 구렁이가 나무 위로 기어오르는 것을 용납하지
못한다. 거북이와 고슴도치가 꿈틀대면 산토끼는 달아나 버린
다. 그대는 인간들에게서도 이런 다양한 모습을 보게 될 것이
다. 그러니 그대와 다른 것을 나무라지 말라. 인간 사회는 여러
활동 형식들을 활용해야 할 필요를 느끼고, 여러 형태의 행복
이 활짝 피어나도록 권장할 때에야 비로소 완전해질 수 있다.

*

　남을 타락시키는 자들, 남의 마음을 어둡게 하는 자들, 남
을 약하게 만드는 자들, 퇴행적인 자들, 느린 자들, 성실치 못
한 자들 ─ 나의 개인적인 적들이 되었다.
　나는 인간을 축소시키는 모든 것을 증오한다. 즉 인간을
지혜롭지 못하게 하고, 자신을 잃게 하거나 민첩하지 못하게
하는 모든 것을 증오한다. 나는 지혜가 항상 느림과 의혹을
수반한다는 사실을 받아들일 수 없으니까. 그것은 흔히 노인
보다 어린아이에게 더 많은 지혜가 있다고 믿는 이유이기도
하다.[69]

69　『지상의 양식』 1장 중 "메날크는 위험하다. 그를 두려워하라. 그는 현자(賢者)

그들의 지혜? ……아! 그들의 지혜라면 대단한 것인 양 떠들어 대지 않는 편이 좋다.

그것은 만사를 경계하고 위험을 회피하면서 최소한으로 사는 방법이니 말이다.

그들의 충고에는 항상 경직되고 정체되어 있는 그 어떤 것이 있다.

그들은 귀찮은 잔소리를 늘어놓으며 자녀들을 오히려 바보로 만드는 어떤 가정의 어머니들과 비슷하다.

"너무 세게 흔들지 마라, 줄이 끊어지겠다."

"그 나무 밑에 있으면 안 돼, 천둥이 칠 거야."

"젖은 데를 밟지 마라, 미끄러진다."

"풀밭에 앉으면 안 돼, 옷 더러워진다."

"네 나이라면 좀 더 점잖게 굴어야지."

"몇 번이나 말해야 알아듣니?"

"식탁에 팔꿈치를 괴지 말라니까?"

"정말 애를 어쩌면 좋지!"

── 아! 부인, 그래도 당신보다는 나은 편인걸요.

*

놀랍고도 거창하게 기대했었다는 점에서, 나는 기쁨을 어느 견디기 힘들도록 더운 날 저녁, 온종일 메마른 땅을 걷고

들에게 배척당하지만 아이들은 그를 두려워하지 않는다." 참조.

난 뒤, 하룻밤 묵게 된 곳에서 얻어 마신 커다란 항아리에 든 신선한 우유에 비겨 본다. 우리는 여러 주일 동안 우유를 구경조차 못 했다. 당시 우리가 거쳐 가던 지역은 수면병이 창궐하여 가축에게 적합하지 못한 곳이었기 때문이다. 그런데 우리는 알아차리지 못한 사이에 벌써 몇 시간 전부터 목축이 가능한 지역에 들어와 있었다. 그래서 만약 풀이 그렇게 웃자라 있지 않았더라면, 또 말을 타고 좀 더 높은 곳에서 내려다볼 수 있었더라면 여기저기 수풀 속에서 가축 떼를 발견할 수 있었으리라. 그래서 그날 저녁에도 갈증을 달래려면 겨우 미지근하고 수상한 물밖에는 기대할 것이 없었다. 그것도 혹시 몰라서 우선 한 번 끓이고, 포도주나 알코올을 섞어서 색깔을 내보아도 구역질 나는 맛은 가시지 않았다. 하지만 앞서 여러 날 동안은 그것에 만족하는 수밖에 없었던 것이다. 그런데 그날 저녁에는 오두막집 그늘 아래에서 우리를 위해 마련해 준 한 항아리의 우유를 얼마나 기쁜 마음으로 얻어 마셨던가. 우유의 표면은 회색빛 모래가 내려앉은 탓에 흐릿했다. 우리는 우유 잔으로 그 얇은 막을 찢었다. 그러자 그같이 엄청난 더위 속에서도 그 밑에 고여 있는 우유는 한결 더 맑고 더 신선해 보였다. 순백의 우유였지만 우리가 마시는 것은 그늘이요, 휴식이요, 격려였으니……[70]

70    1925~1926년 사이에 여행한 콩고에 대한 기억을 기록한 듯하다.

# 4장

1

　내 마음에 드는 것은 오직 숨 쉬며 살아갈 수 있는 것뿐이다. 결국 나의 정신이 하는 일이란 조직하는 것, 창조하는 것, 그것뿐이다. 그러나 나는 내가 사용할 재료들을 우선 시험해 보지 않고서는 아무것도 건축할 수 없다. 내 정신은 미리 공인된 개념, 원칙 등 어느 것이든 스스로 인정한 것이 아니면 받아들이지 않는다. 게다가 나는 가장 듣기 좋은 말이 가장 공허한 말이기도 하다는 사실을 잘 알고 있다. 나는 큰소리치는 사람들, 관례 추종자들, 성인군자들을 경계하므로 그들의 말이라면 일단 평가 절하해서 듣는다. 나는 그대의 덕목 속에 숨어 있는 교만을, 그대의 애국심 속에 숨어 있는 이해관계를, 그대의 사랑 속에 숨어 있는 육욕과 이기주의를 알아보고 싶다. 그렇다, 가령 내가 등불을 별이라고 인정하지 않더라도 나의 하늘은 어두워지지 않았다. 내가 유령들에게 인도받지 않고 오로지 현실만을 사랑한다 해도 나의 의지는 결코 약해

지지 않았다.

*

그러나 인간이 언제나 오늘날과 같지 않았다는 사실은 그 인간이 언제까지나 오늘 같지 않으리라는 희망을 갖게 한다.

그렇고말고! 나 역시 '발전'이라는 우상 앞에서 미소 지을 수 있었고, 플로베르와 함께 조소할 수도 있었다.[71] 그러나 그것은 사람들이 우리에게 발전을 하찮은 신으로 소개했기 때문이다. 상공업의 발전이니, 특히 미술의 발전이니 하는 것은 얼마나 어리석은가! 앎의 발전이라면 물론 좋다. 하지만 내게 중요한 것은 다름 아닌 '인간'의 발전이다.

인간은 본래부터 오늘날의 인간과 같은 모습이 아니었고 점차로 현재의 모습을 갖추게 되었다는 사실은, 신화에서 뭐라고 말하든 내가 보기에는 의심의 여지가 없다. 불과 몇 세기밖에 살피지 못하는 우리의 시야로는 과거 인간의 모습이 언제나 똑같았음을 인정하고, 이집트의 파라오 시절 이래 전혀 변한 것이 없다는 사실에 감탄해 마지않을 수도 있겠지만, 일단 "선사 시대의 심연" 속으로 깊이 들어가 보면 더 이상 그럴 수 없다. 그리고 만일 인간이 언제나 오늘날과 같지 않았다면 어떻게 앞으로도 여전히 동일한 상태로 남아 있으리라

---

71  그러나 지드는 『부바르와 페퀴셰』의 저자 플로베르에게서 느껴지는 "뭐든 다 비하하고자 하는 이상한 욕구, 구역질의 서사시"에 동의할 수 없다고 했다.(『일기』, 1925년 3월)

고 생각할 수 있겠는가? 인간은 변화 생성하는 존재다.

　그러나 그들은 인류가 자신의 영원한 부동성에 절망한 나머지 "만일 내가 천 년에 한 걸음씩 전진할 수 있다면 나는 벌써 길에 나섰을 것이다."[72] 하고 절규하는 단테의 저 저주받은 자와 닮았으리라고 상상하면서 또 내게 그렇게 설득하려고 들었다.

　이 발전이라는 관념은 내 정신 속에 자리를 잡고서 다른 모든 관념들과 관련을 맺거나, 아니면 그 관념들에 순응한다. ('완성된 인간'이라는 발상은 고전주의 시대에 일시적으로 확보한 균형을 근거로 품을 수 있는 환상이었다.) 인류의 현재 상태를 필연적으로 극복해야 한다는 생각은 '우리를 열광하게 하는' 동시에, 그 발전을 방해할 수 있는 것이라면 무엇이든 깎아내리게 하는 발상이다.(그것은 기독교인들의 악에 대한 증오와 비견할 만하다.)

*

　이 모든 것은 일소될 것이다. 일소되어 마땅한 것, 그리고 그렇지 않은 것 또한 일소되리라.[73] 왜냐하면 그런 것과 그렇

---

72　이탈리아 피렌체에서 화형당한 위폐 제조자 아다모가 한 말이다.(『신곡』 지옥편 30곡 82~84)

73　『새로운 양식』 1장 앞부분 "백지화. 나는 과거를 일소해 버렸다. 이제 다 되었다! 나는 다시 채워 넣어야 할 텅 빈 하늘 앞에, 미개척지 위에 벌거숭이로 서 있다." 참조.

지 않은 것을 구별할 방법이 없으니까. 여러분은 인류의 구원을 과거에 대한 애착에서 찾으려 한다. 그런데 발전이란 과거를 거부함으로써만, 더 이상 소용없어진 것을 과거 속에서 몰아냄으로써만 가능해진다. 그러나 여러분은 발전을 전혀 믿으려 하지 않는다. 그래서 "과거에 있었던 것은 미래에도 그대로일 것이다."라고 말한다. 나는 과거에 있었던 것은 두 번 다시 있을 수 없다고, 생각하고 싶다. 인간은 이전에 자기를 보호해 주었던 것, 차후에 자기를 억압하게 될 것으로부터 차츰 벗어나게 될 터다.

*

변화시켜야 할 것은 이 세계뿐 아니라 인간도 마찬가지다.[74] 그 새로운 인간은 어디서 솟아날 것인가? 분명 밖에서 솟아나지는 않을 것이다. 동지여,[75] 그대 자신 속에서 그를 발견해 내도록 하라. 그리하여 광석에서 찌꺼기 없는 순수한 금속을 추출해 내듯이 그대에게 대망의 새로운 인간을 요구하라. 그 새로운 인간을 그대 자신에게서 얻어 내라. 대담하게 그대 자신이 되어라.[76] 적당히 넘어가지 말라. 저마다의 존재 속에는 놀라운 가능성들이 잠재해 있다. 그대의 힘과 그

---

74  "온갖 철학들은 기껏해야 다양한 방식으로 세계를 해석한 것뿐이다. 이제 해야 할 것은 세계를 변화시키는 일이다."라는 마르크스의 말의 메아리이다.

75  1897년 『지상의 양식』에서 시인이 제자에게 주었던 이름 '나타나엘'은 "이제 너무 탄식조로" 느껴지는 까닭에, 『새로운 양식』에서는 '동지'라고 부르게 된다. 바로 그 호칭이 여기서 처음 등장한다.

76  핀다로스의 유명한 말. 그 후 니체가 다시 되풀이하였다. "너 자신이 돼라!"

대의 젊음을 굳게 믿어라. 끊임없이 스스로에게 다짐할 줄 알아야 한다. "오로지 나 자신에게 달린 일이다."라고.

*

마구잡이로 뒤섞어서는 무엇 하나 쓸 만한 것을 얻을 수 없다.

젊었을 적에 내 머릿속에는 온갖 혼종, 노새, 카멜레온 따위가 가득 차 있었다.

선별하는 미덕.

으뜸가는 미덕: 인내.

단순한 기대와는 아무 상관이 없다. 인내란 오히려 고집과 일맥상통한다.

## 만남

### 1

나는 부르보네 지방에서 어느 사랑스러운 나이 든 여인을 알게 되었다.

그녀는 엄청나게 많은 해묵은 약들을 장 속에 간직하고 있었다.

그래서 장 속에는 더 이상 아무것도 넣을 자리가 없었다.

그런데 그녀는 이제 문제없이 건강한 상태였으므로,

나는 그녀에게 말했다. 그렇게 아무짝에도 쓸모없는 것을 지니고 있어 봤자 아무래도 불필요하리라고 말이다.

그러자 나이 든 여인의 얼굴이 빨개졌다.

금방이라도 울음을 터뜨릴 것만 같았다.

그녀는 약병이며 약상자며 튜브 따위를 하나하나 꺼내면서

말했다. "이것 덕분에 난 복통이 나았고 저것 덕분에 인후염을 고쳤지요.

이 고약은 종기를 고쳐 주었는데 혹시 그 종기가 재발할지도 모르잖아요.

그리고 이 알약은 변비가 생겼을 적에 먹으니 편안해지더군요.

또 이 기구로 말하자면, 흡입기가 분명한데

이제 완전히 고물이 되어 버렸네요."

마침내 그녀는 옛날에 이 모든 약들을 그녀 형편으로서는 큰돈을 주고 구입한 것들이라고 털어놓았다.

그러자 나는 그녀가 그 약들을 버리지 못하는 까닭이란 다른 무엇보다도 바로 그 점 때문이라는 사실을 깨달았다.


2


이윽고 우리가 그 모든 것들을 버려야 할 때가 온다.

'그 모든 것'이란 무엇일까? — 어떤 사람들에게는

그것은 축적해 놓은 재산이요, 소유지요, 책이 그득히 들어찬 서재요,

그저 한가로움을 즐기는 안락의자이리라.

그 밖의 다른 많은 사람들에게 그것은 고통과 노동일 터다.

가족과 친구와 자라나는 아이들과 헤어지는 것이며

시작해 놓은 일, 마무리 지어야 할 과업,

이제 막 실현되려 하는 꿈일 것이다.

한 번 더 읽고 싶었던 책들,

한 번도 맡아 보지 못한 향기들,

제대로 만족시키지 못한 호기심,

당신의 자비에 기대를 걸었던 가난한 사람들,

이루고 싶었던 평화, 마음의 평정이었으니…….

그런데 문득 내기가 끝나 버린 것이다. 이제 더 이상 어쩔 수 없다.

그러자 어느 날 누군가 이렇게 말한다:

"저 그런데…… 공트랑 말입니다. 방금 그 사람을 보고 나오는 길인데요. 가망 없게 되었더군요.

일주일 전부터 기력이 말이 아니어서

'갈 날이 다 됐어, 갈 날이.' 하고 자꾸만 헛소리를 해 대는 거예요.

그래도 주변 사람들은 기대를 거는 모양이던데, 가망이 없어요."

"대체 어디가 아픈데요?"

"내분비선 문제라고 알고 있어요. 애당초 심장이 아주 안 좋았죠.

의사 말로는 인슐린 주사로 인한 일종의 중독이라고 해요."

"거참, 이상한 병이군요."

"말을 들어 보니 그 사람, 재산이 제법 상당하다고 해요. 메달과 그림도 수집해 놓았다고요.

세금 때문에 방계 상속인들에게는 한 푼도 돌아가지 않는다고 하더군요."

"수집해 놓은 메달이 있다고요! 그런 것에 흥미를 느끼다니 이해가 가지 않네요."

*

약은 체하지 말게나. 자네도 사람 죽는 걸 보았을 거야. 조금도 웃기지 않았지. 자네는 두려움을 숨기려고 농담을 하고 있지만 목소리가 떨리는 데다 그 엉터리 시는 정말 끔찍하다네.

— 그럴지도 모르지…… 그래, 나는 사람이 죽는 걸 봤어……. 내가 본 바로는 대개 죽기 직전, 단말마의 고통이 지나고 나면 자극에 대한 감각이 흐릿해지는 순간이 찾아오지. 죽음이 푹신한 장갑을 끼고 달려드는 거야. 반드시 잠들게 하면서 목을 조이는 법이야. 죽음이 우리를 갈라놓으면 생은 이미 그 뚜렷한 윤곽과 현존과 현실성을 잃어버리지. 너무나도 완전히 색채를 잃은 세계여서 그걸 버리고 떠난다는 것이 더 이상 크게 고통스럽지 않고 더 이상 아쉬울 것도 없어진다네.

그래서 나는 죽는다는 게 그리 어려운 일은 아닐지 모른다고 생각하지. 따지고 보면 누구나 다 죽게 되니까. 결국 그건 길들여야 할 한낱 습관에 불과하지 않을까 해. 사람은 단한 번만 죽지만 말이야.

그러나 자신의 삶을 가득 채우지 못한 사람[77]에게 죽음이란 끔찍한 거야. 그런 사람에게 종교는 마침 때를 만났다는 듯이 이렇게 말하지. "걱정하지 마라. 진짜는 저쪽 세상에서 시작되지. 넌 거기서 보상받게 될 거야."

하지만 살아가야 할 곳은 바로 여기, '이승'[78]인 것이다.

동지여,[79] 아무것도 믿지 말라. 증거 없이는 아무것도 인정하지 말라. 순교자들이 흘린 피가 입증한 것은 아무것도 없다. 아무리 형편없는 종교라 할지라도 나름대로 저마다 순교자들이 있었으니, 하나같이 열광적인 신념들을 불러일으켰다. 신앙의 이름으로 사람이 죽고, 신앙의 이름으로 사람을 죽인다. 알고자 하는 욕망은 의혹에서 생겨난다. 믿음을 그치고 앎을 얻도록 하라. 사람은 증거가 없을 때에만 강요하려고 든다. 스스로를 과신하지 말라. 강요당하지 말라.[80]

*

정신적 외상(外傷) —— 고통을 잠재우고……

말에서 떨어져 기절했을 때의 일을 들려주는 몽테뉴의 저 멋진 이야기를 기억할 것. 그리고 하마터면 생명을 잃을 뻔했던 사고를 기록한 루소의 글. "다시 정신이 들 때까지 나는 충

---

77　'삶을 가득 채운다'는 주제는 지드 자신의 작품『테세우스』(1946)에서도 나타난다. 테세우스는 마지막 순간에 이렇게 말한다. "나의 운명을 오이디푸스의 그 것에 비긴다면 나는 만족이다: 나는 운명을 가득히 채웠다."

78　지드에게 매우 중요한 'Et nunc(지금)'의 주제다.『지상의 양식』첫머리에 인용한『코란』의 말과 그 각주 참조.

79　두 번째로 등장한 '동지(camarade)'라는 호칭이다.

80　지드는 소련 여행에서 돌아온 뒤 공산주의와 결별하면서 분명 이 잠언을 잊지 않았을 것이다.

격도, 말에서 떨어진 것도, 그 뒤에 일어난 일도 전혀 모르고 있었다. 밤이 깊어 갔다. 하늘과 별들과 약간의 초목이 눈에 들어왔다. 그 첫 감각은 정말 감미로운 순간이었다. 나는 아직 그 정도밖에는 느끼지 못했다. 나는 그 순간에 생명을 얻어 태어난 것이다. 그리하여 나는 내가 알아본 모든 물체들을 나의 가벼운 존재로 가득 채우고 있는 듯했다. 송두리째 현재의 순간 속에 있는 나는 아무것도 기억할 수 없었다……. 아무런 아픔도 두려움도 불안도 느낄 수 없었다……."

자연 과학의 소책자, 전쟁이 일어났을 때 잃어버린 뒤로 아무리 찾아도 찾을 수 없었고, 이제는 그 제목도 저자의 이름도 생각나지 않는 그 책.(그것은 영어로 쓰이고 삽화가 들어 있는 진홍색 하드커버의 작은 책이었다.) 나는 그 책의, 이른바 자연 과학 연구를 권유하는 서론을 겨우 읽었을 뿐이었다. 그 서론(그것은 뚜렷이 기억하고 있다.) 속에, 대략 요약해 보자면, 고통이란 인간의 발명품이라는 것, 자연 속에서는 모든 것이 고통을 피하도록 되어 있으므로 인간이 그것을 발명해 내지만 않는다면 고통은 별것 아닌 것으로 축소될 수 있으리라고 쓰여 있었다. 물론 저자가 말하는 바는, 개개의 살아 있는 존재에게 고통을 겪을 능력이 없다는 것이 아니라, 허약하고 발육이 부진한 존재는 애초에 자동적으로 도태된다는 것이었다. 그리고 매우 웅변적인 실례들이 제시되어 있었다. 그중에서 특히 암탉이 독수리의 발톱에서 벗어나면 방금 전과 다름없이 아무렇지도 않다는 듯 모이를 쪼아 먹기 시작한다는 예가 기억난다. 나 역시 동감하지만 저자는 그 까닭을 이렇게 설명한다. 동물은 오직 현재에만 살고 있으므로 후회, 회한과 같이 과거의 재현이나 미래에 대한 두려움 속에서 살아가는 우리 인간처럼 수많은 상상의 고통들은 느끼지 않는다는 것이다. 저자는 이 과감한 자신의 이론(나의 생각도 그렇지만)을 밀고 나가면서, 산토끼나 사슴은 인간이 아니라 다른 동물에게 쫓길 때 그 질주와 도약과 속임수를 쓰는 행위에서 쾌감을 맛본다고 주장한다. 그리고 결국 다음과 같은 주장이 진실임을 우리는 알고 있다. 즉 맹수의 일격은 격렬한 충격이나 상처와 마찬가지로 감각을 마비시키기 때문에 먹이가 되는 동물은 대개 고통을 느낄 겨를도 없이 죽는다는 사실 말이다. 나 또한 지나치게 극단적인 이 이론에 역설이라고 여길 만한 부분이 있음을 알지만 전체적으로는 옳다고 생각한다. 나는 인간을 포함하여 자연계 전체에서 존재의 기쁨이 고통보다 훨씬 더 우선한다고 본다. 그러나 이 이론은 인간에게 이르러 막히고 만다. 심지어 인간의 잘못 때문에.

인간이 좀 덜 무모했다면 전쟁으로 야기되는 고통들을 면할 수 있었다. 그리고 남에게 좀 덜 잔인하게 굴었다면, 가장 많은 경우에 빈곤으로 야기되는 고통들을 면할 수 있었다. 이것은 결코 허황한 유토피아가 아니다. 우리 인간들이 겪는 대부분의 고통은 결코 숙명적인 것도 필연적인 것도 아니며, 다만 우리들 자신의 잘못으로 생겨났을 뿐이라는 단순한 사실의 확인이다. 우리가 피해 갈 수 없는 고통들의 경우에도, 우리는 갖가지 병에 걸릴 수 있지만 또한 약을 가지고 있는 것이다. 나는 어느 면에서나, 인류가 보다 더 기운차고 건전하며, 그리하여 보다 더 즐거울 수 있고, 우리가 경험하는 거의 대부분의 고통은 바로 우리 자신에게 그 책임이 있다고 믿는다.

2

    내가 자연을 '신'이라고 부르는 이유[81]는 보다 더 간단하게 얘기하기 위해서이며, 또 그러면 신학자들이 화를 내기 때문이다. 자네도 깨닫게 되겠지만 신학자들은 자연에 대해서라면 무지한이고, 그들이 어쩌다가 자연을 바라보더라도 결코 그것을 제대로 관찰할 줄 모른다.

    사람들을 통해서 가르침을 얻으려 하기보다 신의 곁에서 그대의 배움을 구하라. 인간은 위조된 것이다. 인간의 역사는 핑계와 구실의 역사요, 가장(假裝)의 역사다. 나는 일찍이 이렇게 쓴 적이 있다. "채소 재배인의 수레가 키케로의 가장 아름다운 문장들보다 더 많은 진실들을 실어 나른다."[82] 인간의 역사라는 것과 지당하게도 사람들이 '자연사'라고 부르는 역사가 있다. '자연사'에서 신의 목소리에 귀를 기울일 줄 알아야 한다.[83] 그저 막연하게 그 소리에 귀를 기울이는 데 만족하지 말라. 신을 향하여 정확한 질문을 던지고 신으로 하여금 정확하게 대답하지 않을 수 없도록 하라. 그냥 바라보는 데에

---

81  『새로운 양식』 2장 앞부분 "신을 믿지 않기란 생각보다 훨씬 어려운 일이다. 한 번이라도 진정으로 자연을 바라본 적이 있는 사람이라면 그렇게는 못 하리라." 참조.

82  1919년 6월 지드가 《N.R.F.》에 발표한 「독일에 대한 성찰」에 나오는 말. 그 글에서 이 문장 바로 앞에 이런 말이 쓰여 있다. "모든 것이 다 재반성의 대상이 되더라도(모든 것은 다 재반성의 대상이 된다.) 나의 정신은 식물과 동물을 물끄러미 바라보면서 휴식할 것이다. 이제 내가 알고 싶은 것은 오직 '자연스러운' 것뿐이다."

83  이에 뒤따르는 여러 가지 은유적 논증들은 그동안 지드가 자연사에 대하여 가져온 관심의 소산이다.

만족하지 말고 관찰하라.

그러면 어린것이 모두 다 나긋나긋함을, 새싹이 얼마나 많은 막에 싸여 있는지를 그대는 알게 될 것이다! 그러나 처음에 연약한 싹을 보호해 주던 모든 것이 일단 발아하고 나면 금방 거추장스러운 것으로 변하고 만다. 처음에 그것을 감싸고 있던 막들을 터뜨리지 않고서는 그 어떤 성장도 이룰 수 없다.

인류는 자기의 배내옷을 귀중하게 여긴다. 그러나 인류가 그것을 벗어 버리지 않고서는 성장할 수 없다.[84] 젖을 뗀 아이가 어머니의 젖을 물리친들 그것은 배은망덕이 아니다. 그에게 필요한 것은 더 이상 젖이 아니다. 동지여, 그대는 인간에 의하여 증류되고 여과된 전통적인 젖에서 양분을 찾으려 해서는 안 된다. 치아는 깨물고 썹으라고 있는 것이다. 그대가 자양분을 찾아야 할 곳은 다름 아닌 현실 속이다. 벌거숭이로 굳세게 일어서라.[85] 자신을 감싼 막이 찢어지도록 터뜨려라. 모든 후견인들에게서 떨어져라. 곧게 자라기 위하여 용솟음치는 수액의 충동과, 태양의 부름 이외에는 더 이상 아무것도 필요하지 않다.

모든 식물이 씨앗을 먼 곳으로 날려 보낸다는 사실을 그대는 알게 될 것이다. 또 어떤 씨앗들은 맛있는 표피로 새들의 미각을 자극하여 그것들의 도움으로 먼 곳에 이른다. 그렇지 않고서는 절대로 도달할 수 없었을 먼 곳에 말이다. 또 어

---

84  과거에 대한 거부, 과거와의 단절을 유난히 강조하는 이 마지막 부분에서 가장 지배적인 주제다.

85  『새로운 양식』 각주 73번 참조.

떤 것은 나선형의 기관이나 관모(冠毛)를 이용하여 지나가는 바람에 몸을 맡긴다. 너무 오랫동안 똑같은 식물들을 기르다 보면 토지가 지력을 잃고 중독되어 새로운 세대는 과거 세대와 동일한 장소에서 자양분을 얻을 수 없게 되기 때문이다. 그대의 조상들이 먹고 소화한 것을 다시 먹으려 들지 말라. 아비의 그늘 밑에 그대로 남아 있으면 퇴화와 위축밖에 기대할 수 없음을 깨달았다는 듯이 멀리 날아가는 플라타너스나 단풍나무의 날개 달린 씨앗들을 보라.

그대는 또한 용솟음치는 수액의 충동이 곧잘 가장 가느다란 가지 끝의 새싹을 부풀어 오르게 한다는 사실을 주목하게 될 터다. 그러한 이치를 잘 깨닫고, 되도록 과거에서 멀어지도록 노력하라.

그리스 우화를 이해할 줄 알아야 한다. 아킬레우스가 어머니의 손가락이 닿았던 흔적 때문에 여려진 부분을 제외하고 그 어떤 공격에도 끄떡없는 불사신이었다는 사실은 우리에게 가르침을 준다.[86]

슬픔이여, 그대가 나를 무릎 꿇리지는 못한다! 나는 비탄과 흐느낌 사이로 들려오는 그윽한 노랫소리에 귀를 기울인다. 내가 마음대로 가사를 지은 노래, 약해지려 하는 마음을 굳게 다잡아 주는 그 노래. 동지여, 나는 그 노래를 그대의 이름으로 가득 채우고, 굳센 마음으로 응답하는 사람들에게 화

---

86  아킬레우스의 어린 시절에 관한 전설 중 하나에 따르면, 그의 어머니 테티스는 아들을 보호하고자 저승의 강물에 빠뜨렸다가 꺼냈다고 한다. 그 결과, 아킬레우스는 어머니가 붙잡고 있었던 발뒤꿈치만을 제외하고 무적의 몸이 되었다.

답하는 부름으로 가득 채운다.

고개 숙인 이들이여, 자 이제 고개를 들어라! 무덤을 향하여 기울어지는 눈길이여, 고개를 들어라! 텅 빈 하늘을 향해서가 아니라 저 대지의 지평선을 향하여 일어서라. 굳세게[87] 생생하여, 죽은 자들의 악취가 진동하는 저 언저리를 박차고 떠날 준비가 되어 있는 동지여,[88] 그대의 발길이 닿는 그곳으로, 그대의 희망이 부르는 방향으로 전진하라. 과거의 그 어떤 사랑에도 매이지 말라. 미래를 향하여 몸을 던져라. 더 이상 시를 꿈의 영토 속으로 옮겨 놓지 말라. 현실 속에서 시를 읽어 내어라. 시가 아직 현실 속에 있지 않거든 거기에 시를 심어라.

다스리지 못한 목마름, 만족시키지 못한 식욕, 전율, 헛된 기대, 피로, 불면증…… 동지여, 그대가 이런 모든 것에서 벗어나기를, 아! 나는 얼마나 기원하는지 모른다! 모든 과일 나무의 가지들을 그대의 손과 입술에 닿도록 굽혀 주고 싶구나. 담장을 무너뜨리고, 질투심에 못 이겨 독점하려 드는 이가 '출입금지', '사유지'라고 써 붙여 놓은 그대 앞의 장벽을 부숴 버리고 싶구나. 그리고 마침내 그대 노동의 완전한 보상이 그대에게 돌아오도록 해 주고 싶구나. 그대가 고개를 들고, 드디어 그대의 가슴이 증오와 선망이 아니라 사랑으로 가득 차도록 해 주고 싶구나. 그렇다, 마침내 애무하는 이 모든

---

87 『새로운 양식』의 마지막 세 페이지에서 '굳세다(vaillant)'라는 말이 세 차례 반복된다.
88 '동지'라는 호칭이 또다시 언급된다.

공기, 햇빛, 그리고 이 모든 행복에의 초대가 그대에게 이르도록 해 주고 싶구나.

*

　뱃머리에 하염없이 기대어 나는 수없이 많은 파도들, 섬들, 미지의 나라의 모험들이 나를 향하여 밀려오는 것을 바라본다. 그것들은 벌써……

　— 아니다, 하고 그가 내게 말한다. 그대의 이미지는 거짓이다. 그대는 그 파도들을 본다. 그 섬들을 본다. 우리는 미래를 보지 못한다. 오직 현재밖에는. 나는 순간이 가져다주는 것을 본다. 그 순간이 내게서 앗아 가는 것을, 그리고 내가 두 번 다시 보지 못할 것을 생각해 본다. 뱃머리에 서 있는 자의 눈에 보이는 것은 비유적으로 말해서 오직 광대한 공허뿐……

　— 가능성이 채워 주는 공허. 예전에 존재했던 것은 지금 내게 존재하는 것보다 덜 중요하다. 지금 존재하는 것은 존재할 수 있는 것과 앞으로 존재할 것보다 덜 중요하다. 나는 가능성과 미래를 혼동한다. 모든 가능성은 존재를 향하여 노력한다고 생각한다. 존재할 수 있는 것은 장차 존재할 것이라고 생각한다. 그렇게 되도록 인간이 돕는다면.

　— 그런데 그대는 신비성을 부인한다! 그렇지만 그대는 그런 모든 가능성 중 오직 하나가 존재에 도달하기 위해 다른 모든 가능성을 무(無)가 되도록 억눌러야 함을, 존재할 수도 있었을 것은 오직 우리를 후회로 이끌 뿐임을 알고 있다.[89]

　— 나는 특히 인간이 과거를 자신의 등 뒤로 밀어 버림으

로써만 앞으로 나아간다는 사실을 알고 있다. 롯[90]의 아내는 뒤를 돌아다보았기 때문에 소금으로, 다시 말해서 굳은 눈물로 변해 버렸다고 한다. 미래를 지향하는 롯은 그래서 자신의 딸들을 범한다. 아멘.

오, 그대, 지금 나는 그대에게 이 글을 쓰고 있지만 — 전에는 내가 나타나엘이라고 너무 구슬픈 이름으로 불렀던 자네, 그리고 지금은 동지라고 부르는 자네 — 이제 구슬픈 것이라면 더 이상 마음속에 아무것도 허용하지 말라. 구슬픈 탄식을 불필요하게 하는 것을 그대 자신에게서 얻어 낼 수 있어야 한다. 그대 스스로가 얻을 수 있는 것을 더 이상 남에게 청하지 말라.

나는 다 살았다. 이제 그대 차례다. 이제부터 나의 젊음은 자네 안에서 연장되리라. 내 그대에게 권능을 넘겨준다. 그대가 내 뒤를 잇고 있음을 느낀다면 나는 죽음을 받아들이기가 훨씬 쉬울 것이다. 나는 그대에게 희망을 건다.

그대가 굳세다고 믿는다면 나는 미련 없이 삶과 작별할 수 있다. 나의 기쁨을 받아라. 만인의 행복을 증대시키는 것을 그대의 행복으로 삼아라. 일하고 투쟁하며 그대가 변화시

---

89　모든 가능성을 전부 맞이할 준비가 된 대기 상태와 선택의 필요성 사이의 모순이라는 문제에 주목할 것. 『지상의 양식』 4장 참조.

90　성서의 인물(『창세기』 19장 26절)로 아브라함의 조카. 소돔에 정착한 그는 야훼의 말을 따라 뒤돌아보지 않았기 때문에 그 파괴되는 도시에서 탈출하여 재난을 면한다. 롯의 아내는 불타는 도시를 보려고 뒤돌아보았기 때문에 소금 덩어리로 변해 버렸다. 얼마 뒤 롯은 두 딸과 함께 어떤 동굴에 자리 잡는데 딸들은 후손을 갖기 위해 아비에게 술을 먹이고 취한 사이에 그와 몸을 섞는다.(『창세기』 19장 30~38절)

킬 수 있는 것이라면 그 어느 것도 나쁘게 받아들이지 말라. 모든 것이 스스로 하기에 달렸음을 끊임없이 마음에 새겨라. 비겁하지 않고서야 인간이 하기에 달린 모든 악을 편들 수는 없는 법. 예지가 체념 속에 있다고 단 한 번이라도 생각한 적 있거든 다시는 그렇게 생각하지 않도록 하라.

동지여, 사람들이 그대에게 제안하는 삶을 그대로 받아들이지 말라.[91] 삶이 더 아름다울 수 있음을 항상 굳게 믿어라. 그대의 삶도, 다른 사람들의 삶도. 지금 이곳의 삶을 위로해 주고 그 불행을 받아들이도록 도와주는 것은 어떤 다른 미래의 삶이 아니다. 받아들이지 말라. 삶의 거의 대부분의 고통이 신의 책임이 아니라 인간들의 책임이라는 사실을 그대가 깨닫기 시작한다면, 바로 그날부터 그대는 더 이상 고통의 편을 들지 않게 될 것이다.

우상들에게 제물을 바치지 말라.

---

91   지드의 모든 '혁명적' 사상을 요약하는 문장이다.

# 개인의 시각에서 만인의 지평으로

『지상의 양식』은 앙드레 발테르의 청소년기와 메날크의 청년기를 결산하는 작품이다. 그러나 이 작품을 실제로 집필하는 데는 삼사 년의 기간이 소요되었을 뿐이다. 반면에 지드는 1919년에 이미 『새로운 양식』이라는 최종적인 제목을 붙인 작품을 예고했고, 심지어 그 내용 중 어떤 대목은 1910~1911년에까지 소급되지만, 정작 책을 완성하여 출판한 것은 그보다 훨씬 뒤인 1935년의 일이었다. 다시 말해서 책을 구상하고 집필한 시기가 무려 사반세기를 넘어서는 긴 세월에 걸쳐 있는 것이다. 그러나 우리는 이본 다베의 다음과 같은 지적에 주목할 필요가 있다. "이 책은 느린 속도로 다듬어진 작품이지만, 정확하게 말하자면 여러 차례에 걸쳐 구상을 시작하여 오랫동안 미완성인 채 방치되어 있다가 결국 처음에 메모한 단장(短章)들의 영감과는 전혀 다른 각도의 관점에서 완성한 저작이다."

과연 1916년 2월 1일에 쓴 『일기』에서 최초로 『지상의 양식』과 짝을 이루는 "명상과 정신적 고양을 기록한 이 책을 쓰고자 하는 간절한 욕구"를 언급할 무렵, 지드는 심각한 종교적 위기를 경험했다. 그런데 1935년, 정작 이 책이 완성되었을 때 그 속에는 『일기』에서 언급한 시기의 종교적 위기나 신비주의적 유혹의 흔적은 조금도 남아 있지 않았다. 가장 암울한 전쟁 동안임에도 젊은 청년 마르크 알레그레와의 모험적 사랑으로 "정신 나간 듯한 행복"과 전율하는 기쁨을 만끽했던(바로 이때가 『전원교향곡』을 쓰던 시기였다.) 그다음 시기, 즉 1919년 3월에 발표한 일곱 개의 단장들은 전혀 다른 서정적 분위기를 담고 있다. 이때부터 지드는 여러 해에 걸쳐서 장차쓸 책을 위한 수많은 분량의 메모들을 쌓아 갔다. 한 페이지를 가득 채우기도 하고, 길을 가면서 급히 휘갈겨 적은 몇 마디 말일 경우도 있는 이 메모들에는 그 머리에 'N. N.(새로운양식)'이라는 두문자 기호를 표시해 놓았다. 물론 이 메모들을 완성된 책 속에 그대로 옮겨 놓지는 않았다. 그는 이 책에 대해 꾸준히 생각해 왔지만 그때까지 축적한 다양하고 많은 재료들을 실제로 선별, 배열하고 다시 고쳐서 책을 '구성'한 때는 오랜 세월이 지난 1935년이었다. 그해 8월 13일에 그는 친구 로제 마르탱 뒤 가르에게 편지를 쓴다.

나는 과연 내가 마르세유에서 당신에게 그 일부를 읽어 준 바 있는 ─ 그리고 오늘날 나의 온 희망이 걸려 있는 ─ 이 『새로운 양식』을 퀴베르빌에서 완결할 수 있을지 모르겠군요.

그리고 닷새 뒤, 같은 사람에게 다음과 같은 편지를 보낸다.

우선 나는 『새로운 양식』을 쓰는 일부터 하려고 합니다. 렌크에서 요양하고 나니 다시 힘이 솟습니다. 그 덕분인지 최근에 쓴 몇 페이지는 아주 성공적입니다. 방해되는 것이 아무것도 없다면 10월 말 소련으로 떠나기 전에 이 조그만 책을 매듭지을 수 있기를 바라고 있습니다.

실제로 "힘이 솟은" 그는 기대했던 것 이상의 속도를 내어 한 달 뒤에 벌써 원고를 교정하는 단계에 이른다. 이리하여 지드는 공산주의에 대한 지지를 공개적으로 밝힘에 따라 문단의 맹렬한 공격을 받는 가운데 모스크바 정부의 초청으로 소련 여행을 준비한다. 한편, 지드는 자신의 신념을 서정적으로 표현한 『새로운 양식』을 이 시기에 발표한다. 이 책의 프랑스어판이 파리에서 출간될 무렵인 1935년 10월 22일, 그는 「나의 '새로운 자양'을 보내면서 소련의 젊은이들에게 고함」이라는 글을 썼다. 이 글은 11월 15일자 《모스크바 저널》에 발표되었고, 두 달 뒤 잡지 《즈나미아》가 『새로운 양식』의 러시아어 번역판의 전문을 소개했다. 소련의 언론은 열광적인 장문의 소개 글들을 통해 이 책을 치켜세웠다. 그중 일부만을 간단히 소개해 보면 이런 식이다.

우리가 모스크바에서 이 책을 읽노라면 기이한 감정에 사로잡힌다. 모종의 긍지, 소련인의 위대한 긍지를 느끼는 것이다. 지드에게 '자연스럽게 기뻐하는 영혼'이 될 수 있는 가능성을 부여한 것은 바로 우리 나라, 우리의 승리라는 것이 우리의 생각이다. …… 자기들 문명의 종말(이것은 언제나 세상 전체의 종말이다.)을 슬퍼하는 부르주아들의 탄식 속에서, 어둠의 저 끝에서 길을 잃고 방황하는 지식인들의 신경질적 절규 속에서, 지드는 자신의 당당한 범신론을 선언한다. 이리하여 무상의 아름다움으로 가득 찬 작품인 『새로운 양식』은 동시에 투쟁의 책이 될 수 있는 것이다. …… 마지막 장에서 지드의 주제는 격리된 개인적 존재의 한계를 초월했다. 봄날 아침의 이미지는 확대되어 인간 역사의 봄이라는 이미지로 변했다. 그것은 책의 구성에서도 그대로 드러난다. 책의 도입부에 넘쳐나는 아침의 신선함은 2장에서 범신론적 철학으로 변하고 마지막 장, 즉 지드가 인류 전체의 발전과 운동을 말하는 일종의 종합에 이르면 여러 가지 '만남들'이 현실적 삶에 의하여 풍성해진다.

이와 같은 열광적인 반응과 분석의 다른 한쪽에서는 물론 지금까지 알려진 이 늙은 '배덕자', 이 전형적인 개인주의자의 '뜻하지 않은' 개종을 공개적으로 비웃는 사람이 많았다. 『지상의 양식』에 비해 이 『새로운 양식』은 얼마나 믿기 어려운 변절인가! 그리하여 사람들은 이 책의 몇몇 페이지에서 느낄 수 있는 인위적으로 꾸민 문체, 유치할 정도로 억지를 부린 목소리, 지드 자신조차 느끼지 않을 수 없는 '결단과 허식'을 꼬집었다.

두 가지 책이 지닌 나름대로의 문학적 특징들에 대한 음미와 평가와는 별도로, 『새로운 양식』이 앞서의 『지상의 양식』의 흐름과 영감에 잇닿아 있음은 부정하기 어렵다. 앙드레 말로는 『지상의 양식』의 8장 마지막 문장(타자 — '그의' 삶의 중요성. 그에게 말할 것……)을 환기하면서 지드의 태도 표명이 '타자'에 바탕을 두고 있음을 지적했다.

19세기 말의 윤리적 태도 표명은 항상 말하는 사람에 바탕을 두고 있었다. 그것은 말하는 사람에게서 그 힘과 의미를 이끌어 냈다. 차라투스트라에게 제자들이라는 무명의 군중은 별로 중요하지 않았다. 그러나 메날크에게는 미셸이나 나타나엘이라는 타자가 필요하고 미셸이나 나타나엘에게는 메날크가 필요하다. 삼십 년이 지난 뒤 지드가 『지상의 양식』에서 『새로운 양식』으로 옮겨 가도록 한 것은 바로 그 필요다.

사실 지드가 '사회적 관심'을 갖게 된 것은 어제오늘의 일이 아니었다. 물론 그가 사회적 관심을 겉으로 분명히 드러낸 것은 콩고 여행 이후, 반식민 투쟁을 전개해 온 약 십 년 전부터였다. 『새로운 양식』을 발표하기 육 개월 전 지드는 옛 친구장 슐랭베르제에게 보낸 편지에서 자신이 여태껏 밟아 온 역정을 밝혔다. 그가 처음 상징주의와 말라르메의 영향을 받았던 젊은 시절에 "자연주의에 대하여 온통 반동적인 태도를 보였던 것"은 제반 사회적 문제들에 대한 무지나 맹목 때문도, 그 문제들을 무시했기 때문도 아니었다. 단지 그는 "예술가가 관심을 보일 만한 것이 못 된다."라고 여겼기에 사회적 관심을 예술 작품에서 멀리해야 마땅하다고 보았던 것이다.

지드는 북아프리카 여행에서 돌아왔을 때도 인간들 상호 간의 관계, 특히 프랑스 행정관들 혹은 피식민자들과 아랍인들 사이의 관계에 무관심했던 것은 아니지만 그런 문제와 관련하여 메모해 둔 노트나 기록은 당시 작품들을 집필할 때 고의적으로 제외하곤 했다. 해당 방면에 대한 전문적 지식을 가진 사람들의 능력을 믿었기 때문에 경제학자나 행정 전문가들에게 그 문제를 맡겨 두는 편이 효과적이라고 생각했던 것이다. 그러나 점차 "세계를 이해할 것이 아니라 변화시켜야 한다."라는 공식을 받아들이면서 그의 생각 역시 조금씩 달라졌다. 세상이 변해야 한다고 믿는 사람은 스스로 그 바람직한 변화에 도움이 되어야 한다고 믿게 된 것이었다.

소련 여행 이후, 우리는 지드의 공산주의에 대한 믿음이 어떻게 표변했는지 잘 알고 있다. 그러나 그때 느낀 공산주의에 대한 환멸 때문에 그가 1932~1936년의 행동과 글을 송두리째 부인, 부정했다고 보는 것은 무리다. 지드는 죽는 날까지 변함없는 '좌파' 작가였다. 다시 말해서 그는 발전과 인간의 프로메테우스적 힘을 믿는 지식인이었다. 많은 시간이 흐른 지금 우리는 어떻게 각 개인에게 있어서 행복이라는 절체절명의 의무가 점차로 만인의 행복에 대한 관심과 불가분의 관계에 있음을 지드가 깨닫게 되었는지 분명하게 알고 있다.

비평가들의 판단 속에 잠재해 있는 고정 관념이나 지드 자신의 느낌과는 달리 『새로운 양식』은 오늘날의 독자들에게도 그것 자체의 열정과 열광을 전달할 수 있는 힘을 지니고 있다. 책의 어떤 부분들에서 느껴지는 단세포적 생각들이나 억지스러운 합리주의에도 불구하고 이 책은 앞서의 『지상의 양식』과 판이하면서도 어느 면에서는 이어지는 역동성과 함께, 희열과 자유에 대한 열망을 설득력 있게 표현하고 있다.

1935년에 발표한 『새로운 양식』은 어떤 구조를 갖추고 있는가? 앞에서 우리는 소련의 언론들이 나름대로의 시각으로 이 작품의 구조와 흐름을 분석한 바를 소개했다. 책의 1장은 1897년 『지상의 양식』에 수록된 시편들과 유사한 영감을 바탕으로 하고 있다. 1장이 시기적으로 『지상의 양식』과 가장 근접한 1910~1920년 사이에 축적한 메모들로만 구성되어 있음은 그 점을 잘 설명해 준다. 예외가 있다면 1장의 마지막 대목뿐이다. "이 땅 위에는 너무나 많은 가난과 비탄과 어려움과 끔찍한 일들이 가득해서 행복한 사람은 자기 행복을 부끄러워하지 않고는 행복을 생각할 수 없다." 논조가 변하는 이 대목이야말로 『새로운 양식』의 전에 보지 못한 흐름을 작동시키는 신호다. 개인의 이기적 행복이 타자의 비참에 대한 관심과 연관되는 것이다.

『새로운 양식』을 이루는 네 개의 장이 어떤 역동적 청사진에 따라 구성되어 있는가를 밝히기란 그리 어렵지 않다. 비평가 제르멘 브레는 이 책의 주제들이 불안정하고 적잖이 전체적 '논조의 종합과 통일'을 이루지 못하고 있음을 지적하면서 다음과 같이 작품의 구조를 분석해 보인다.

처음 세 개의 장에서 지드는 그늘진 데가 없는 온전한 사랑의 '헌신' 속에서 기쁨에 몰입하는 복음을 제시해 보인다. 그는 거기서 행동의 자가당착, 논리의 멸시, 자기 성찰과 후회의 거부 등을 역설하면서 인간에게 그 자체만으로 충분한 삶의 아름다움을 노래한다. 3장 끝에 이르면 다른 주제가 지배적으로 전개된다. 바로 '발전'이라는 주제가 그것이다. "인간은 본래부터 오늘날의 인간과 같은 모습이 아니었고 점차로 현재의 모습을 갖추게 되었다는 사실은 신화에서 뭐라고 말하든 내가 보기에는 의심의 여지가 없다."라는 단언은 이제부터 4장의 라이트모티프가 된다. 여기에는 변화와 발전의 가능성이 전제되어 있다. 지드는 처음의 감각적 낙관주의의 충동을 그대로 유지하면서도 글의 흐름을 점차 부자연스럽게 바꾸는 가운데 '기대했던 인간'과 더불어 인간의 노력으로 얻어 낸 황금

시대의 미래가 도래할 것임을 예고한다.

한편 르네 랄루는 더 정밀하고 섬세한 해석을 제시한다. 그는 또한 제르멘 브레보다 더 긍정적인 시선을 던진다.

우리는 이 책을 구성하는 네 개의 '장'에 다음과 같은 부제를 붙여도 무방할 것 같다. ① 기쁨의 찬미, ② 형이상학적 확신들에 대한 비판, ③ 인간의 발전에 대한 믿음의 변호. 그러나 내밀한 이야기들을 모아 놓은 이 책에서 지드의 생각은 어떤 엄격한 순서를 따르지만은 않는다. 『새로운 양식』의 저자는 오히려 음악적 방식으로 작품을 구성하고 있다. 그가 자신의 서로 다른 주제들을 제시하고 풍부하게 하며 하나의 전체로 통합하는 방식은 프랑스 산문의 거장만이 보여 줄 수 있는 경지다.

그러나 엄격하고 가차 없는 시선을 유지하는 제르멘 브레도 『새로운 양식』의 어떤 부분에 대해서는 호의적인 관심을 아끼지 않는다. 지드가 그의 시편들 속에 골고루 분산하여 배치한 열한 가지의 '만남'들에 대한 이 비평가의 주석은 그런 의미에서 주목할 만하다. 이 '만남'들은 『지상의 양식』에 역시 분산 배치되어 있는 열한 개의 '롱드'와 '발라드'를 연상시킨다. 제르멘 브레가 볼 때 이 책을 구성하는 '분리된 단편(斷片)들'은 유기적으로 발전되기보다, 그저 나란히 병치되어 있을 뿐이다.

지드는 책을 힘들게 '구성'하면서 작품이 아주 특이한 조직을 갖추도록 만들어 놓았다. 기쁨과 행복이라는 '윤리적 의무'의 복음이 아무래도 그의 눈에는 사회적 복음에 비추어 볼 때 좀 모자라 보였던 것 같다. 이 기쁨을 다른 사람들의 불행 위에 건설하지 않겠다는 발언은 이상에 불과하다는 느낌을 면하기 어렵다. 지드는 이 두 가지 복음이 서로 양립할 수 없다는 사실을 가리기 위하여 '만남'을 이용했다. 그리하여 『새로운 양식』에서는 '만남'의 이야기들이 서정적 충동들과 교차하면서 나열되고 있는 것이다. 지드는 자신의 『일기』에서 추린 이야기들을 '만남'의 이름으로 소개한다. 우선 '만남'은 그 종류가 다양하다. 그것은 사랑의 여러 가지 양식들을 이야기하기도 하고 샤를 페기의 스타일을 연상시키는, 신과의 '대화'를 옮겨 놓기도 한다. 그러다가 '만남' 속에 가난, 꿈, 광기 같은 인간의 삶에 깔린 어두운 면을 드러내면서 실제 인간의 얼굴들이 나타나게 한다. 바로 이 '만남'들이 작품의 나머지 부분들을 구제해 준 것이다. 마침내 지드는 이 만남들에다가 사회적 복음을 접목시킨다. 구체적이면서도 때로는 약간 우스꽝스러운 시적 기미가 느껴지는 이 '만남'들은 인간이 뜻하는 일들의 감동적이고 부조리한 분위기를 전달해 준다.

『새로운 양식』은 완전한 작품이 못 된다. 당시 『위폐범들』과 『오이디푸스』를 막 발표한 60대의 지드가 내놓은 이 책은 『지상의 양식』과 같은 풍부함과 의미를 갖추지는 못했지만 비평가들이 지드의 대다수 다른 작품들에 비해 그토록 무관심해야 할 만큼 무의미한 작품은 아니다. 문학적 성격으로 보나 지드의 지적 여정에서 차지하는 위치로 보나 결코 무시할 수 없는 지드의 이 '마지막'(『테세우스』라는 '유서'를 제외하고는) 작품은 너무나 오해받은 저자 생애의 한 시기를 결산한다기보다, 그 어느 것 하나 포기하거나 부인하지 않으면서도 그 스스로 행복하고도 믿음으로 넉넉한 평온에 도달했던 한 시점에서 자신의 휴머니즘을 적절하게 표현하고 요약한 작품이라 하는 편이 옳을 것이다.

김화영

# 나는 인간을 축소시키는
# 모든 것을 증오한다

허연(시인)

나치가 프랑스를 점령하던 시절. 감독관 자격으로 파리에 상주하던 주(駐)프랑스 독일 대사는 오토 베츠였다. 그는 어느 날 히틀러에게 이런 보고를 올린다.

"프랑스에는 세 가지 무서운 것이 있습니다. 그 세 가지를 조심해야 합니다. 공산주의와 은행, 그리고 《N.R.F.》가 그것입니다."

당시 파리는 사상의 실험장이었다. 수많은 공산주의 이론가들이 지식인들과 노동자들 사이에서 활약하였고, 금융 자본에 바탕한 자본주의 시스템 역시 매우 발달해 있었다. 전체주의적이면서 기형적인 국가주의를 표방한 나치가 이 두 가지를 모두 못마땅하게 여겼음은 어쩌면 당연한 일이었다.

그렇다면 'N.R.F.'는 무엇일까? N.R.F.는 출판사 갈리마르가 발행하는 잡지 《신프랑스평론(La Nouvelle Revue française)》의 약자다. 프랑스 사회가 《N.R.F.》에 보내는 경외와 지지는 절대적이었다. 일개 출판사에 불과한 갈리마르가 나치 권력의 가장 큰 걸림돌로 지목됐다는 사실이 놀랍다.

당시 《N.R.F.》에는 젊은이들의 신망을 얻던 선동가가 참여하고 있었다. 그가 바로 앙드레 지드다. 지드는 숱한 소설을 쓴 작가였지만 젊은이들에게 '현실에 굴복하지 말고 자신의 의지와 꿈대로 살아라!'라고 외치는 과격한 교사이기도 했다.

지드가 과격한 교사로서 남긴 전언들이 가득 담긴 책이라 하면 『지상의 양식』과 『새로운 양식』을 꼽을 수 있다. 그의 '문학 아닌 문학'인 『지상의 양식』과 『새로운 양식』을 이해하기 위해서는 그의 탄생과 성장 배경을 이해해야 한다.

지드는 1869년 법대 교수인 아버지와 유복한 사업가 집안 출신의 어머니 사이에서 태어났다. 열한 살 때 아버지가 사망하면서 지드는 외갓집에서 자란다. 지드의 외갓집은 신실한 칼뱅파 개신교도 집안이었다. 이 때문에 지드는 프랑스 작가로서는 매우 보기 드물게 개신교 집안, 그것도 적극적인 칼뱅파 청교도로서 어린 시절을 보낸다. 이 원체험(原體驗)은 훗날 지드의 문학과 사상에 결정적인 영향을 미치는 가장 근본적인 요인으로 작동한다.

알다시피 칼뱅주의는 적극적인 금욕을 통한 탈세속화를 중시한다. 일상생활에서도 시시각각 신앙을 증명해야 하는 게 칼뱅파 개신교도들의 의무였다.

지드는 성장하면서 이 같은 칼뱅주의와 갈등을 빚는다. 섬세하고 호기심 많고 욕망의 화신이자 감각적인 지식인이었던 지드에게 선과 악, 정신과 육체, 이성과 본능으로 세상을 파악하는 청교도적 이분법은 반발심을 불러일으켰다. 어쩌면 다른 온건파 기독교도들 속에서 자란 사람보다 더 판연히 반발했는지도 모를 일이다.

지드는 기독교가 인간에게 부과한 도덕적 의무가 인간을

부자유하게 하는 것에 반감을 느꼈다. 그는 인간의 욕망이 순수하고 숭고하며, 따라서 그것은 인간의 행복을 위해 기능해야 한다고 믿었다. 그는 제아무리 기독교라 해도 인간의 욕망을 인정하는 전제 아래서 도덕 가치를 부여해야 한다고 주장했다.

물론 1893년, 스스로 동성애자임을 받아들이게 된 사건도 지드의 사상적 진화에 큰 역할을 했으리라 짐작된다.

『지상의 양식』과『새로운 양식』은 지드가 정신의 교사로서 젊은이들에게 남긴 편지이자 제언이며, 선언적 산문이자 고백록이기도 하다. 각기 삼십팔 년이라는 시차를 두고 세상에 나오기는 했지만 이 두 책은 기본적으로 스스로 부과한 도적적·사회적 잣대에서 벗어나 행복을 누리며 살아가라고 주문한다.

지드의 대표작이자『지상의 양식』과『새로운 양식』의 중간 시기에 발표된 소설『좁은 문』은『지상의 양식』과『새로운 양식』에 대한 일종의 '소설적 사용 설명서'다.

"이 아름다울 수 있었던 이야기는 왜 아름답게 쓰이지를 못했는가?"

마흔 살의 지드는『좁은 문』을 마친 뒤 회한에 젖는다. 그가『좁은 문』을 처음 발표했을 때 비난과 찬사가 동시에 쏟아졌다. 비난하는 쪽은 신성을 모독했다며 몰아세웠고, 반대편은 종교의 구태를 벗겨 냈다고 평가했다.

『좁은 문』은, 요컨대 주인공 제롬과 알리사의 사랑 이야기다. 아름다울 수도 있었던 두 사람의 이야기가 물음표 가득한 비극으로 끝난 이유는, 다름 아닌 '좁은 문'에 대한 두 주인공의 해석 차이 탓이었다. 다음은 「마태복음」 7장에 나오는 구절이다.

　"좁은 문으로 들어가기를 힘쓰라. 멸망으로 인도하는 문은 크고 그 길이 넓어 들어가는 자가 많고, 생명으로 인도하는 문은 좁고 협착하여 찾는 이가 적음이니라."

　현실의 삶을 행복하게 일구어 내는 것도 '좁은 문'을 통과하는 방법이라고 생각한 제롬은 알리사에게 청혼한다. 하지만 알리사는 "우리는 행복을 위해서가 아니라 거룩함을 위해서 태어난 것"이라며 이를 거절한다. 자발적으로 지상의 행복을 버리는 것이 '좁은 문'을 통과하는 길이라 여겼던 것이다.

　이 소설에서 지드는 당연히 알리사의 손을 들어 주지 않는다. 되레 알리사의 선택을 자의적이고 불필요한 종교적 오만으로 본다. 지드가 생각하기에 알리사의 행동은 신이 원한 것도 아니었다. 그는 우리에게 사랑하며 살라고 가르쳐 준 신이, 단지 성경 한 구절에 집착한 알리사의 교조적 태도를 반가워하지 않았으리라 믿었다.

　『좁은 문』의 소설적 장치를 떠올리면 지드가 『새로운 양식』을 통해 무슨 말을 하려고 했는지 명확해진다. 지드는 신이 진정으로 원한 것은, 제롬과 알리사의 사랑을 방해한 그릇된 종교관이 아니라, 바로 우리 스스로 삶과 사랑을 구축해 나가는 모습이라고 설파한 것이다.

　"백지화, 나는 과거를 일소해 버렸다. 이제 다 되었다! 나는 다시 채워 넣어야 할 텅 빈 하늘 아래, 미개척지 위에 벌거숭이로 서 있다."

『지상의 양식』과 『새로운 양식』 사이에는 연속성이 존재한다. 그러나 삼십팔 년이라는 긴 시차 때문인지 나름 뚜렷한 시각적 차이 역시 발견된다.

우선 20대 후반과 60대 후반이라는 시차는 결코 적은 세월이 아니다. 20대 후반의 지드가 생의 환희와 욕망에 들뜬 청춘이었다면 60대 후반의 지드는 여기에 상처와 사색을 더욱 품어 낸 완숙한 교사로 등장한다.

교사 지드는 개인적 희열에 집중하던 데에서 벗어나, 자신의 행복과 타인의 행복이 유리된 채 존재할 수 없다는 이타성을 받아들인다. 여전히 같은 기반에서 출발한 찬가이지만 타인을 향한 지향을 가졌다는 점에서 차이가 난다.

"오, 내가 사랑하는 그대, 어린아이여! 너를 데리고 내 도망의 길을 달려가고 싶구나. 어서 한 손으로 이 광선을 붙잡아라, 별이 있지 않느냐! 무거운 짐을 버려라. 아무리 가벼운 과거의 짐이라 하더라도 거기에 매이지 말라."

젊은이는 지금 젊은 사람들이고, 노인은 과거에 젊었던 사람들이다. 이 같은 속성 때문에 젊음이란 서로 각기 다른 세대가 동일하게 공유할 수 없는 것이다. 오직 승계만이 가능할 따름이다. 『새로운 양식』은 하나의 승계 방식, 즉 바통(bâton)이다. 지드는 계주 육상 경기에서 그렇듯이 『새로운 양식』이라는 바통에 담긴 '젊음 사용법'을 다음 주자에게 전달한다. 물론 다음 주자는 새로운 젊은이들이다.

지드는 이러한 승계만이 인간을 축소시키지 않는 유일한 방법이라고 믿는다.

"나는 인간을 축소시키는 모든 것을 증오한다. 즉 인간을 지혜롭지 못하게 하고 자신을 잃게 하거나 민첩하지 못하게 하는 것을 증오한다. 나는 지혜가 항상 느림과 의혹을 수반한다는 점을 받아들일 수 없으니까. 그것이 노인들보다 어린아이들에게 더 많은 지혜가 있다고 믿는 이유이기도 하다."

'젊음'은 이데올로기다. 지적으로 승계되는 이데올로기.

이렇게 생각해 보면 편하겠다. 나이가 들수록 사람들은 꽃을 촬영하길 좋아한다. 꽃은 청춘이고 유효한 이데올로기이며 아름다움이다. 그리고 새롭게 태어나는 양식이다.

옮긴이  서울대학교 불어불문학과와 같은 대학원을 졸업하고, 프랑스
김화영  엑상프로방스 대학교에서 알베르 카뮈 연구로 박사 학위를
받았다. 문학 평론가, 프랑스 문학 번역가로 활동하며 팔봉
비평상, 인촌상을 받았고, 1999년 최고의 프랑스 문학 번역가로
선정되었다. 현재 고려대학교 명예 교수, 대한민국 예술원
회원이다. 지은 책으로 『여름의 묘약』, 『문학 상상력의 연구』,
『행복의 충격』, 『바람을 담는 집』, 『한국 문학의 사생활』 등이
있고, 옮긴 책으로 미셸 투르니에, 파트리크 모디아노, 로제
그르니에, 르 클레지오 등의 작품들과 『알베르 카뮈 전집』(전
20권), 『섬』, 『마담 보바리』, 『지상의 양식』, 『어린 왕자』, 『다다를
수 없는 나라』, 『프라하 거리에서 울고 다니는 여자』 등이 있다.

새로운 양식  1판 1쇄 찍음  2023년 10월 27일
1판 1쇄 펴냄  2023년 11월 3일

지은이  앙드레 지드
옮긴이  김화영
발행인  박근섭, 박상준
펴낸곳  (주)민음사

출판등록 1966. 5. 19. 제16-490호
서울시 강남구 도산대로 1길 62(신사동)
강남출판문화센터 5층 06027
대표전화 02-515-2000 팩시밀리 02-515-2007
www.minumsa.com

ISBN  978 89 374 2993 4 04800
ISBN  978 89 374 2900 2 (세트)

* 잘못 만들어진 책은 구입처에서 교환해 드립니다.

**쏜살**  법 앞에서  프란츠 카프카 | 전영애 옮김

이것은 시를 위한 강의가 아니다  E. E. 커밍스 | 김유곤 옮김

엄마는 페미니스트  치마만다 응고지 아디치에 | 황가한 옮김

걸어도 걸어도  고레에다 히로카즈 | 박명진 옮김

태풍이 지나가고  고레에다 히로카즈·사노 아키라 | 박명진 옮김

조르바를 위하여  김욱동

달빛 속을 걷다  헨리 데이비드 소로 | 조애리 옮김

죽음을 이기는 독서  클라이브 제임스 | 김민수 옮김

꾸밈없는 인생의 그림  페터 알텐베르크 | 이미선 옮김

회색 노트  로제 마르탱 뒤 가르 | 정지영 옮김

참깨와 백합 그리고 독서에 관하여  존 러스킨·마르셀 프루스트 | 유정
화·이봉지 옮김

마르그리트 뒤라스의 글  마르그리트 뒤라스 | 윤진 옮김

너는 갔어야 했다  다니엘 켈만 | 임정희 옮김

무용수와 몸  알프레트 되블린 | 신동화 옮김

호주머니 속의 축제  어니스트 헤밍웨이 | 안정효 옮김

밤을 열다  폴 모랑 | 임명주 옮김

밤을 닫다  폴 모랑 | 문경자 옮김

책 대 담배  조지 오웰 | 강문순 옮김

세 여인  로베르트 무질 | 강명구 옮김

시민 불복종  헨리 데이비드 소로 | 조애리 옮김

헛간, 불태우다  윌리엄 포크너 | 김욱동 옮김

현대 생활의 발견  오노레 드 발자크 | 고봉만·박아르마 옮김

나의 20세기 저녁과 작은 전환점들  가즈오 이시구로 | 김남주 옮김

장식과 범죄  아돌프 로스 | 이미선 옮김

개를 키웠다 그리고 고양이도  카렐 차페크 | 김선형 옮김

정원 가꾸는 사람의 열두 달  카렐 차페크 | 김선형 옮김

죽은 나무를 위한 애도  헤르만 헤세 | 송지연 옮김

도리언 그레이의 초상 1890  오스카 와일드 | 임슬애 옮김

아서 새빌 경의 범죄  오스카 와일드 | 정영목 옮김

질투의 끝  마르셀 프루스트 | 윤진 옮김

상실에 대하여  치마만다 응고지 아디치에 | 황가한 옮김

납치된 서유럽  밀란 쿤데라 | 장진영 옮김

모든 열정이 다하고  비타 색빌웨스트 | 임슬애 옮김

수많은 운명의 집  슈테판 츠바이크 | 이미선 옮김